KB269086

# 불륜과 남미

# 불륜과 남미

요시모토 바나나

김난주 옮김

민음사

# 차례

# 전화

　나는 일 때문에 부에노스아이레스로 출장을 가게 되었다. 아르헨티나 방문은 처음이었다. 이왕이면 도시의 모습을 잘 알 수 있는 번화가가 좋을 것 같아, 플로리다 거리라는 상점가에 위치한 고급 호텔을 희망했다.

　그런데 도착해서 만난 가이드 겸 통역인 일본계 남자는 내가 묵고 싶어 하는 호텔이 예약이 꽉 차서 첫날만 다른 호텔을 잡았다며 사과했다. 여행길에 지친 나는 딱히 불평을 늘어놓고 싶은 마음은 없어서, 같은 급이면 상관없다고 말했다. 어차피 첫날은 자는 것뿐이니까.

　로스앤젤레스와 상파울루를 경유하면서 지겹도록 비행기를 탔다. 마지막에는 할 일이 없어서 정말 넌덜머리가 났다. 회사에서 대주는 경비에 따라 사람 수가 결정되니까, 혼자서 출장을 떠나는 일이 드물지는 않은데 이렇게 시간이 걸리는 곳에 오기는 처음이었다.

나는 인테리어는 물론 레스토랑의 실내 장식부터 메뉴와 요리까지 모든 것을 디자인하는 회사에서 사장을 보조하고 있다. 이번 일의 의뢰인은 아르헨티나인과 결혼하여 아르헨티나식 레스토랑을 차리려는 부부였다.

우리 사장은 이런 때, 싸구려 재료로 아담하고 그럴싸하게 아르헨티나 분위기를 내자는 생각은 절대 못하는 장인 체질의 사람이라 시간이 있으면 본인이 직접 그 나라로 떠나는데 시간이 없을 때는 몇 마디 말을 할 줄 아는 나를 그 나라에 보내, 수많은 가게를 돌아다니면서 실내 사진을 찍어 오게 한다. 결국 완성된 레스토랑은 도쿄 어디에나 흔히 있는 현지의 가게를 흉내 낸 가게들과 엇비슷하지만, 사장은 어떻게든 머리를 써서 의뢰인의 취향을 살렸고, 예산이 적으면 적은 대로 모든 조건을 고려하여 생기발랄한 가게를 만들어내는 마법을 알고 있었다. 완성된 후 아무도 없는 실내를 돌아볼 때는 다소 미진하게 느껴져도, 사람이 들어서는 순간 가게는 활기를 띠었고 대개 장사도 잘되었다. 나는 그 마법이 작동하는 순간을 보는 것이 좋았다. 내가 찍어온 사진이 실내 어디에 뿌리내렸는지를 보는 것도 좋아했다. 원래는 사진가가 되고 싶었지만, 지금 일에 아주 만족하고 있다.

처음 보는 부에노스아이레스의 거리는 과연 유럽의 거리와 비슷했다. 하지만 남미 특유의 짙은 무드와 숨결이 도처에 배어 나와 모든 것을 뒤덮고 있었다. 벽에 쓰인 낙서, 광고의 격렬한 색채, 쓰레기가 나뒹구는 도로, 처음 보는 가로수의 무성한 가지에는 보라색과 빨간색 꽃이 피어 있고, 아이들은 공간만 있으면 어디서든 축구를 즐겼다. 하늘의 파란색도 강렬했다. 아무리 억눌러도 비져 나오는 남미의 땅의 힘이 오가는 사람들의 얼굴에 새겨져 있었다.

그 도시 최고의 고급 호텔이라는 그 호텔은, 역시 번화가에서 뚝 떨어져 있고 주위의 잡다한 풍경과도 동떨어진 근대적인 건물이었다. 택시가 줄지어 서 있고 제복 차림의 벨 보이와 도어맨이 반듯반듯하게 움직이고 있는 호화로운 정면 출입구의 자동문 바로 앞에, 십 대 여자 애들이 한 오십 명쯤 모여들어 꺄꺄 소란을 피우고 있었다. 잡지나 현수막을 들고 있는 아이들도 있었다. 유명한 록 스타가 묵고 있는 것이리라. 모두 머리 색과 옷 색깔이 달라, 마치 조그만 꽃병에 꽉꽉 채워 담은 알록달록한 꽃 같았다. 호텔 쪽에서도 밤을 새울 각오로 자리를 지키고 있는 그 집단을 로비에 들이지는 않았지만 쫓아내는 것 같지도 않아, 귀여운 풍경이었다. 거리의 잡다함을 그녀들이 옮겨다 놓은 듯한 느낌이었다.

비즈니스맨들만 오가는 로비를 지나 방으로 올라가 우선은 샤워를 하고 저녁을 먹으러 레스토랑으로 내려갔다. 유럽에 온 듯한 착각이 들 정도로 기품 있는 레스토랑이었다. 양이 엄청난 파스타를 천천히 먹은 다음 사진을 몇 장 찍고는 다시 방으로 돌아갔다. 간신히 머리를 풀어 내리고, 브래지어와 벨트를 풀고 스타킹도 벗었다. 서른 몇 시간 만에 몸이 해방된 것이다.

하지만 몸은 아직도 딱딱하게 굳어 있고, 퉁퉁 부은 다리는 금방이라도 쥐가 날 듯했다. 창밖으로 온실 같은 수영장 지붕과, 벽이 허물어져 가는 오래된 교회가 보였다. 호텔 정면 현관에서 보면 정반대 쪽인데, 교회 옆 길가의 좁은 잔디밭에 그루피 소녀들의 무리가 보였다. 잔디밭에 깐 담요를 몇 명이서 둘둘 감고 있었다. 정면 현관을 지키는 아이들과 달리 그 여자 애들은 록스타가 밤의 거리를 내려다보는 순간을 기다리면서 밤을 새워 창문을 올려다보는 것이리라. 그런 하얀 덩어리들이 어둠 속에 군데군데 떠 있었다.

나는 욕조에 물을 받아 몸을 푹 담근 후에 가벼운 수면제를 먹고 일찌감치 자기로 하고, 조그만 욕조에 몸을 담갔다.

호텔에 묵으면서 가장 싫은 것은, 목욕을 하면 갈아입을 옷이며 세면도구며 모든 것이 김 때문에 눅눅해지는 것이다. 그리고 가장 좋은 것은 청소는 물론 밥을 하지 않아도 된다는 것.

물에 몸을 담그자 피로가 풀리면서 금방 잠이 들 것 같았다. 뜨거운 물을 조금씩 더 틀었더니, 그 조그맣고 예리한 물소리에 끌려 몸속 깊은 곳에 숨어 있던 잠이 몸 밖으로 스며 나왔다. 처음 밟는 땅에 곤두서 있던 심신의 긴장이 뜨거운 물의 흐름에 녹아드는 것을 느낄 수 있었다. 피로는 살아 있는 생물처럼 내 몸속에 단단히 웅크리고 있었다.

얼마나 그렇게 있었을까, 나는 어지러워 벌겋게 단

알몸으로 목욕탕에서 나와 냉방이 지나쳐 서늘한 공기를 상쾌하다 느끼면서 냉장고를 열고 맥주를 꺼냈다. 그리고 시원한 맥주와 함께 수면제를 먹었다. 시차에서 오는 멍함을 단숨에 해결하려고 한 것이다.

목욕 타월만 두른 채 스페인어가 좔좔 흘러나오는 텔레비전을 보면서 맥주를 마셨더니 슬슬 한기가 들어 냉방을 약하게 했다. 시끄럽던 에어컨 소리가 작아지면서 방의 조용함이 부각되었다. 살아 움직이는 것이라곤 나밖에 없고, 회색 카펫은 희붐하게 빛나고, 조명은 내 발치와 손만 비추고, 텔레비전의 번쩍거리는 빛이 온 방을 가득 채우고 있었다. 점차 그냥 앉아 있을 수 없을 정도로 잠이 쏟아져, 나는 여행 가방에서 잠옷을 꺼내려고 일어섰다. 그때, 전화가 울렸다.

약 기운이 퍼져 머리가 멍한 탓인지, 전화기가 유난히 하얗게 보였다. 벨소리도 먼 데서 울리는 것처럼 묘하게 들렸다. 방 안 가득 나직하게 퍼져 조용함을 밀어내는 듯한 소리였다. 전화기에는 리셉션, 룸서비스, 외선전화, 모닝콜의 번호가 그림으로 그려져 있었다. 나는 수화기를 들면서 그 그림들을 멍하게 쳐다보았다.

시계를 보니 밤 12시가 지나 있었다. 정반대 쪽에 있는 일본은 점심시간일 테니까, 무사히 도착했는지 확인하려고 사장이 건 거겠지 하고 전화를 받았다.

"여보세요."

그러나 시끌시끌한 잡음이 들릴 뿐이었다. 그리고 잠이 쏟아져 뿌연 머리로 그제야 나는 생각했다. 어? 내가 이 호텔로 옮긴 거 아직 아무도 모를 텐데.

"여보세요?"

다시 한 번 큰 소리로 말했더니, 지글지글 웅웅거리는 잡음 저편에서 희미한 여자의 목소리가 들렸다. 사장도 아니고, 이 잡음은 국제 전화라서 나는 소리가 분명하니까 방에서 방으로 잘못 건 전화도 아닌 듯했다.

귀를 바짝 곤두세우자, 아주 조그맣게 게다가 일본말로 뭐라고 하는 소리가 들린다. 나는 말했다.

"조금 더 크게 말하세요!"

그러자 이번에는 그 여자가 한 마디 한 마디 큰 소리로 말했다.

"오늘 아침에, 미야모토가, 교통사고로 죽었습니다. 그동안 신세 많이 졌습니다."

잡음의 크기는 변함없는데, 왜인지 아주 또렷하게 들렸다. 소리가 깨끗하게 나는 스피커에서 들리는 듯한 맑은 울림의 한 마디 한 마디가 강한 의미를 지니고 귀에서 몸으로 흘러들었다. 바다로 뛰어들어 물속에서 몸짓으로만 서로의 생각을 전했는데, 수면 위로 떠오르자 그 사람과 한참이나 떠든 듯한 기분이 드는 그런 느낌이었다. 딱히 잡음이 사라진 것이 아니라 정신이 그것을 배제했을 뿐이었다. 집중하여 마음의 거리를 바짝 좁히고 대화를 나눴을 때 그렇게 들리는 것처럼, 말이 지닌 의미만 직접 파고든다.

"네?"

내가 말하자, 마법이 풀린 것처럼 방 안에 현실감이 돌아오고 잡음도 돌아왔다. 그리고 전화는 뚝 끊겼다.

나는 텔레비전에서 희미하게 음악이 흘러나오는 어두컴컴하고 조용한 방에 홀로 방치되었다. 한참이나 그저 멍하니 전화기의 그림을 쳐다보면서 몇 번이나 잔을 들어 맥주를 한 모금 두 모금 마셨나. 맥주가 점차 미적지근해지고, 쓴맛이 나는 것을 가만히 느끼고 있었다.

게다가 피로가 풀린 몸에 수면제가 그 힘을 발휘하기 시작하여, 아무 생각도 할 수 없을 정도로 눈꺼풀이 무거웠다. 그런데도 의식은 명료해서, 방금 받은 전화의 의미를 되새기고 있었다.

마사히코의 부인이 건 전화라는 것은 알 수 있었다. 어떻게 내가 있는 곳을 알았을까? 그리고 이렇게 무심히 생각하는 '마사히코'가 어쩌면 이 세상 사람이 아닐지도 모른다는 것이 도무지 실감나지 않았다.

이상한 일이었다.

시험 삼아 마사히코의 핸드폰으로 전화를 걸어보았지만, 전화를 받지 않는다는 서비스 음성이 들릴 뿐이었다. 몇 번을 걸어도 마찬가지였다. 그 사람의 전화는 어디에서 울리고 있는 것일까? 병원? 그 자신의 주검 옆? 나쁜 상상이 꼬리에 꼬리를 물어 마음이 도피처를 찾는 나머지 화면이 제대로 떠오르지 않았다. 마사히코의 전화가 검은색이었나? 아니면 펄 화이트? 나도 모르게 그런 두서없는 생각만 하고 있었다.

나는 감은 머리가 싸늘해지도록 거기에 앉아 있다가, 휘청휘청 일어섰다. 젖은 몸으로 오래도록 앉아 있어 마치 오줌을 눈 것처럼 침대에 둥그런 얼룩이 져 있었다. 아무튼 잠옷을 입고, 어째서인가 창가에 서서 다시 한 번 밖을 내다보았다.

마음이 달라지면 눈에 비치는 것도 달라 보인다. 잔디밭 위에 담요를 둘둘 말고 있는 여자 애들이 드문드

문 핀 하얀 꽃 같았다. 아까까지는 사서 고생하네, 하고 생각했는데 지금은 밤을 새워 스위트룸을 올려다보는 그녀들의 모습이 너무도 달콤해 보여 부럽기까지 했다. 좋아하는 사람이 잠든 그 곁에만 있어도 즐거우리라. 친구와 밤을 새우는 것만으로도 신이 나리라. 어둠 속에서 담요가 천사의 날개처럼 보였다.

마사히코의 집에 전화를 걸어 부인과 직접 애기를 나눠볼까 생각했지만, 정말 죽었다면 말해 봐야 소용없는 일이고, 만약 부인이 마지막이니까 내게도 알리자 싶은 심정이었다면 은혜를 원수로 갚는 셈이 된다. 애인은 아무리 사이가 좋았던들 애인에 지나지 않는다.

나는 단념하고 일단은 자기로 했다. 피곤하지 않고 수면제도 먹지 않은 아침에 햇살 속에서 생각하자고 생각했다. 정말 죽었다면 바둥거려도 소용없는 일이라고 생각할 때마다, 충격이 덮쳐와 봄이 저릿저릿하고, 머리에서는 찡 하는 소리가 나고, 사방팔방에서 짓누르는 듯해서 안절부절못했다. 몸속에서는 놀람과 충격이 꿈틀꿈틀 요동하는데, 본 적도 없는 처음 묵는 방은 조용하기만 했다.

묘한 구색이었다. 모든 것이 뒤죽박죽이었다.

나는 텔레비전을 그냥 켜놓고 자기로 했다. 역시 몸 어느 한구석은 내내 깨어 있어서, 악몽을 꾸고 몇 번이나 눈을 떴지만 지금은 오히려 현실이 악몽이어서, 어느 쪽에 있든 기분은 다르지 않았다. 밖에서 진을 치고 있는 여자 애들의 알록달록한 머리와 옷차림을 생각하며 마음을 추스르고 잠들었다. 아름다운 꽃들, 잠자리의 지킴이.

출발하기 전날, 서로가 바빠 나리타에 있는 호텔에서 새벽 2시에야 만났다. 문을 열자 마사히코는 지친 모습으로 "김밥 만들어 왔으니까 먹자."라며 종이봉투를 내밀었다. 그는 요리 연구가로, 사 년 전에 일 관계로 알게 된 사람이었다. 당시 나는 스물여섯 살이었다. 그는 다섯 살이나 나이가 많았는데, 어찌된 셈인지 마음이 맞아 금방 사귀게 되었다. 아니 나중에 알고 보니 사귀고 있었고, 우리가 언제부터 사귀었지? 하는 얘기가 나오면 서로가 고개를 갸웃했다.

"여기 있는 차라도 괜찮아?"라고 말하고 나는 전기 포트에 물을 끓이고, 호텔에 준비돼 있는 녹차 티백을 우려냈다.

“왜 이렇게 어질러놨어? 하룻밤 자는 건데.”

마사히코가 물었다.

“지금 짐 싸고 있으니까 그렇지. 무턱대고 다 쑤셔 담아 왔거든. 다 꺼내서 다시 싸고 있는데, 마구 쑤셔 담았을 때는 다 들어갔던 게 왜 접고 정리하니까 들어가지 않는지, 그걸 생각하고 있는 거야.”

“어떻게 그런 일이 있을 수 있어?”

“보라니까. 아무리 해봐도 이 투피스가 안 들어가.”

“카메라 두 대를 작은 가방에 넣으면?”

“그러면 무겁잖아.”

“그럼, 다시 막 쑤셔 담든지?”

“그렇게도 해봤는데도 안 돼.”

“그럼 당신이 허둥댄 덕분에 무슨 기적이 일어났나 보네, 우연히 말이야.”

“정말 그런가 봐.”

그린 얘기를 나누면서 마사히코가 만든 세련된 김밥을 먹었다. 조그맣고 갖가지 속이 들어 있는, 보기에도 앙증맞은 김밥이 도시락에 가지런히 담겨 있었다.

“이거, 참깨 너무 뿌린 거 아냐?”

“나도 그렇다 싶었어. 퍼석퍼석하지. 사진 찍을 때는

좋은데, 너무 많이 뿌렸어."

"밥맛보다 참깨 맛이 더 진해."

"당신, 이에 참깨 잔뜩 끼어서 무섭다."

"왜 당신은 안 끼는데?"

"얌전하게 먹으니까."

"치."

전부터 종종 생각했다. 나와 이런 대화를 나누고 나면 부부 사이에 할 말이 없지 않을까? 하지만 눈으로 볼 수 없는 것은 상상하고 싶지 않아서 늘 생각하지 않으려 했다. 부인은 벌써부터 알고 있었지만, 친정에서 하는 가게 일을 돕느라 바쁜 데다 일주일에 사흘은 친정에서 자고, 아이도 없고, 모두가 바쁜 덕분에 풍랑이 일지 않는 생활이 가능했다. 도시에서나 있을 수 있는 어처구니없는 설정이었다. 겉으로는 어른이지만 실은 모두 어린애인, 흔히 있는 얘기였다.

현대인은 많은 사람을 만나니까, 연애를 하지 않기가 오히려 더 어렵다. 특히 쌍방이 일 때문에 바쁜 경우에는 불륜도 쉬 오래간다. 환경 탓으로 돌리고 있는데, 바로 그 환경이 이런 연애를 가능하게 하는 한, 환경에도 책임은 있다고 생각했다. 그러다가 어쩔 수 없는 일이 벌어져서…… 예를 들어 나 또는 부인이 임신을 하거나 부인의 부모가 죽거나 내가 다니는 회사가 망하거나, 그런 외적인 힘이 가해지면 사태가 변하겠지, 하고 생각했다. 아직은 젊고 어린 마음이 어떤 외적인 힘에, 진짜 인생의 무게에 다소 변하지 않을 수 없는 순간이 오겠지 하고 생각했다. 어린애 같다는 것을 부끄러워하는 것이 아니라, 성장의 순간을 놓치고 싶지 않을 뿐이었다. 그때의 자신을 생각하고, 어떤 식으로 받아들일지를 믿고, 맡기려 했다. 특히 현대에는 연애나 결혼이나 영원히 지속되지 않는다는 점에서는 마찬가지다.

같이 짐을 싸고, 새벽에는 둘 다 늘어져 섹스도 하지 않고 잠들었다. 손을 꼭 잡고.

그리고 깨어나자 낮이었고, 방에서는 김밥 냄새가 났다.

그가 공항까지 바래다주었다. 차 안에서 지바의 녹음을 비추는 오후의 햇살을 보았다. 그는 나의 여행 가방을 드르륵드르륵 끌면서 그 길고 지겨운 에스컬레이터를 올라갔다. 마사히코의 구두끈이 풀어지는 바람에 멈춰 서서 묶을 때, 그것을 지적하려고 허리를 굽힌 나와 그는 머리를 부딪쳤다. 되게 딱딱하네, 하고 서로 말하

고는 피로 때문에 분위기가 약간 험악해지자, 이럼 안
되지 싶어 그에게 밥을 사주었다. 기름진 면류였다. 나
는 점점 외로워지고, 마사히코도 "공항은 영 싫단 말이
야. 쓸쓸해서."라며 눈썹을 여덟팔 자로 찌푸렸다. 그
는 짐을 부치는 곳에서 하염없이 손을 흔들었다.

　　아침이 되어 눈을 떠도, 나의 놀람은 조금도 가시지
않았다. 밖에 나가려고 준비를 하는데, 쓸모가 있을 거
라면서 그가 작은 가방에 넣어준 도시락이 눈에 띄었
다. 김밥 냄새는 이미 사라지고 없었지만, 나는 그것을
꼭 껴안고 잠시 울었다.
　　애인이 내게 남겨준 것은 도시락뿐이다.
　　감정을 지우려고 바지런히 움직인 탓인지 촬영은 어
이없도록 순조롭게 진행되었다. 통역 겸 가이드와 함께
열 군데쯤 가게를 돌아다니고, 마시고, 때로는 먹고,
온갖 사진을 찍었다. 나는 기계처럼 일했다.
　　일이 너무 빨리 끝나 오후 시간이 고스란히 비고 말
았다. 가이드는 보트를 타러 가든지, 쇼핑을 하든지,
교회라도 가보자고 했지만 나는 현지인들에게서 몇 번
들은 루한의 마리아 상을 보러 가자고 했다.

그 마리아 상을 운반하던 마차가 그곳에서 꼼짝하지 않아, 그 자리에 교회를 세웠다는 얘기였다. 아르헨티나의 수호신이며 교통안전의 신이라고 들었다. 들은 얘기 중에는 갖가지 기적을 일으켰다는 내용도 있었다. 이미 죽었다면 기적이고 뭐고 할 것도 없지만, 마사히코가 천국에 갈 수 있도록 기도라도 하고 싶었다.

그 자그마한 동네는 차를 타고 한 시간 남짓 간 곳에 있었다. 이렇다 할 특징 하나 없는 아스라한 풍경 속에 간이 기념품 가게가 줄지은 좁다란 광장이 있고, 유럽의 교회에 비해 외양이 간결한 오래된 교회의 탑 두 개가 보였다.

안은 휑하고 스테인드글라스도 소박했다. 마리아 상은 평범하기 이를 데 없는 그 교회의 가장 안쪽, 그것도 정면 제단의 뒤쪽 높은 곳에 고요히 서 있었다. 아주 작은, 머리는 더 작은 마리아가 금빛으로 빛나고 있었다. 파란색 옷을 입고, 마치 관음상처럼 조그만 손을 가슴 앞에 모으고 있었다. 멀어서 표정은 잘 보이지 않았지만, 거뭇거뭇한 얼굴이 해묵어 보였다.

나는 오직 마사히코가 고통스럽지 않기를 기도했다. 추억이나 기억이 스며들 여지가 없도록 열심히, 십 분

동안 시계를 맞춰놓고, 혈관이 터져나갈 정도로 집중하여 기도했다. 슬픈 것은 나지만, 죽은 것은 마사히코, 가장 놀란 사람도 마사히코 본인일 테니까, 지상에서 드리는 내 기도의 에너지를 쏟아 부을 수 있다면 남김없이 그에게 쏟아 부어 편안히 잠들 수 있기를, 하고 기도했다. 기도하는 내 모습에서 어떤 사정이 있으리라 짐작했는지, 가이드는 산책하러 나가고 말았다. 나는 문이 닫히는 소리를 등으로 들으면서 계속 기도했다. 코피가 나올 정도로 모든 힘을 다해 그에게 받은 것을 감사하고, 싫었던 일은 없었던 일로 했다.

삐, 하고 조그만 소리로 알람이 울려 기도를 끝냈을 때, 너무 집중한 나머지 정말 코피가 주르륵 흘러나왔다. 닦아낸 손등에 피가 선을 그렸다. 아는 정보는 없는데, 마사히코가 아마도 피를 많이 흘렸겠지, 하고 생각하자 아직 슬픔은 밀려오지 않는데도, 눈물이 줄줄 넘쳐흘렀다. 일본에 돌아가면 정말 슬프겠지, 여행하는 동안은 실감하지 못하겠지 하고만 여겼는데.

옆에 있던 뚱뚱한 노부인이 "괜찮아요?"라고 물으며 더러운 손수건을 내밀었다. 더럽다고 생각하면서 받아들자, 손수건에서 백단향 같은 향내가 났다.

“더러워질 텐데요.”

안 그래도 더러운데, 란 말은 못하고 코피와 눈물을 닦으면서 그렇게 말하자

“가져요.”라고 말하고 그녀는 나갔다. 그 멋없는 친절함에 가슴이 메어 나는 정말 울음을 터뜨리고 말았다. 그리고 피와 눈물을 그 손수건에 흠뻑 적시고 나서야 묵직한 문을 열고 밖으로 나갔다.

구름 낀 하늘이 아무 일도 없었던 것처럼 저 멀리까지 이어져 있고, 가로수는 똑바로 줄지어 있었다. 화장실에서 세수를 하고, 부은 눈으로 가이드와 길을 걸었다. 악몽 속을 헤매는 기분이었지만 시골 동네는 푸근하고 느긋했고, 눈에 비치는 저녁 풍경은 한없이 여유로웠다. 구름이 옅은 분홍빛으로 물들어 있었다. 가게 문을 닫고 귀갓길을 서두르는 사람들도 있었다. 일본으로 돌아가 보았자 나의 사생활에는 몇 안 되는 친구밖에 없다. 기다리는 사람 하나 없다.

그날 묵은 호텔은 어제와는 딴판인 복작복작한 곳에 있어, 문을 열고 나서면 수많은 사람들이 목적도 없이 시끌시끌하게 즐겁게 걸어다녔다. 나는 밤에 혼자서 다

양한 가게의 외장 사진을 찍으며 돌아다녔다.

지쳐서 축 늘어진 채 방으로 돌아와서야, 아차, 사장에게 전화하는 거 깜빡했네, 전화 건 김에 마사히코 일도 물어봐야지, 하고 생각하면서도 듣고 나면 사실이 되어버릴 테니 마음이 무거워 괜히 물건들을 정리하고 있는데, 전화벨이 울렸다.

"여보세요."

나는 말했다. 잡음 너머에서

"왜 어제는 이 호텔에 없었어! 걱정했잖아."란 마사히코의 목소리가 들려, 나는 정신이 아득해질 정도로 놀라 그만 주저앉고 말았다. 그러고는 눈물 섞인 목소리로

"빈방이 없었어."라고 말한 내게

"그럼 메시지라도 남겨봐야지."라고 그는 말했다.

죽었다는데 메시지 남겨봐야 소용없다고 생각했다는 말은 못하고, 나는 마사히코의 주검 옆에서 울렸을 어젯밤의 전화벨 소리를 생각했다. 한 번 그린 광경은 지워지지 않는 법이다. 마음의 상처가 남았잖아, 하고 나는 생각했다.

"이 무심한 내가 휴대폰 산 거, 당신 때문이란 거 몰라."

"그럼, 집에서도 켜놓으면 되잖아."

"일 때문에 집에까지 전화 걸려오는 거, 싫단 말이지."

마사히코는 말했다. 살아서, 투정도 부리고 땀도 흘리고 목소리가 쉬기도 하고 그러는 모양이었다. 지금은 그것만으로도 기뻐서, 나는 내가 연애 중이라는 것을 알았다. 울음이 나올 것 같았지만 그 아내의 악의에 찬 장난, 내가 묵는 호텔까지 추적한 집요함을 배려라 여긴 어리석은 내 자신이 분해서, 어디 내가 우는가 보자 싶었다.

"미안해, 너무 피곤해서, 한 번 울렸는데 안 받기에 그냥 자버렸어."

단순한 그는 금방 기분이 좋아져, 마테 차를 사오라고 말했다. 또다시 여느 때의 나날이 시작된다. 아까 얻은 피 묻은 손수건으로 눈물을 닦으면서, 정말 다행이라고 나는 생각했다.

하룻밤 묵은 부에노스아이레스의 그 호텔을 생각할 때마다 나는 마사히코의 주검과 밤의 잔디밭에서 사랑하는 록 스타의 잠을 지키는 천사들을 떠올리리라. 자그마하고 해묵은 마리아 상과 향내 나는 더러운 손수건을 생각하리라.

그것이 멋진 추억인지는 알 수 없지만, 이 세상에 두 번은 있을 수 없는 묘한 추억이란 것만은 분명했다.

LIBRES
MUERTOS

Marlboro

Budweiser
ABIERTO LAS 24 HS.
ESTACIONAMIENTO
Marlboro
PLAYA
E
HORA · DIA · M
PLAYA

Coca-Cola
PARRILL...
Victoria
RESTAURANT
Victoria
TAXI
AIRE Y TELEFONO

마지막 날

이 골격으로 보아 틀림없이 태고의 거북일 거야, 그
렇게 생각하고 그 뼈 너머에 있는 상상도를 보았더니
거북과는 조금도 닮지 않은 코뿔소 비슷한 공룡이었다.
아니네, 하고 생각하고는 문득 시계를 보다 퍼뜩 기억
이 떠올랐다.

1998년 4월 27일, 이 날은 내가 죽는다고 예언된 날
이었다. 나는 생각했다.

'이날을 아르헨티나에서 맞다니, 이거야말로 예상치
못한 일이네.'

어렸을 적 나는 그런 미래는 전혀 상상도 할 수 없었

다. '만약 내가 그날 죽는다 치면……' 어떤 사람과 결혼해 있을지, 혼자 살고 있을지, 어떤 집에서 살고 있을지 하고 고다쓰 아래 누워 뒹굴며 상상의 나래를 펼치던 어느 겨울 오후가 생생하게 되살아났다. 지금은 그립기만 한 그 고향집의 방. 고다쓰를 덮은 이불의 폭신폭신한 감촉. 엄마가 고생고생 만든 예쁜 색깔의 커튼 사이로 오후의 햇살이 쏟아지고, 마당에는 감나무가 있고, 자잘하게 매달린 감이 보였다. 그 감나무는 이미 없으리라. 고향집도 다시 짓는 바람에 큼지막한 그 다다미방은 없어져 버렸다. 지금은 엄마 방에 조그만 고다쓰 하나가 놓여 있을 뿐이다.

그때 '넌 그날 아르헨티나에 있는 박물관에서 혼자 시간을 보내고 있을 거야, 그리고 고다쓰 속에 다리를 묻고 하늘을 올려다보며 그날을 상상했던 어린 날의 너를 떠올리고 있을 거야.'란 말을 들었다 한들 나는 절대 믿지 않았으리라.

그리움에 이어 까맣게 잊고 있었던 그 일, 그러니까 내가 죽는 날이 정해져 있다는 것 때문에 암울하고 서글 펐던 마음의 앙금이 가슴속에서 생생하게 되살아났다.

그 공허한 감각은 이미 이 세상에 있을 리 없는 것들

만 전시된 이 텅 빈 공간의, 구두 굽 소리만 또각또각 울리는 통로에 정말 잘 어울렸다.

다른 사람들은 거의 없고, 가끔 메모를 적으면서 소곤소곤 얘기하는 학생 단체가 지나갔다. 나는 아까와는 또 다른 감각으로 무심히 전시물을 바라보면서 걸었다.

오래전에 돌아가신 외할머니는 성격이 격하고 엄한 사람이었다. 역학의 한 분파인 점쟁이 자격증이 있어 만년이 되도록 사람들의 사주를 봐주었다. 나를 몹시 귀여워하면서도 늘 걱정했다.

우리 엄마는 할머니의 친딸로, 아버지와 결혼하면서 외가 바로 옆에 집을 지었다. 그렇게 가까이 살 정도이니 사이도 좋았을 법한데, 내가 기억하는 엄마와 할머니는 늘 충돌이 심했다. 고부간보다 사이가 더 나쁜 게 아닐까 싶을 정도로.

나는 지독한 난산이었다고 한다. 엄마는 혼신의 힘을 다했고, 모진 고생 끝에 내가 태어나는 순간 할머니는 태어난 시를 적어가지고 집으로 달려가 내 인생의 개요를 살펴본 모양이었다.

"나는 피를 쏟아 죽을 지경인데, 할머니는 어쩐 줄

아니? 의기양양해서는 네가 죽는 날을 예언하러 왔다니까."

엄마는 내가 마흔이 된 지금도 분하다는 듯 그렇게 말하곤 한다.

속이 터지도록 화가 났던 것이리라. 하지만 나는, 머릿속에 사람의 운명을 점치는 일밖에 없는 할머니가 손녀가 태어나 흥분한 나머지 나름대로 도움이 되려고 했던 거겠지, 하고 생각할 수 있다. 딱히 죽는 날이 아니라 인생 전체를 봐준 것이라고. 할머니 자신도 종종 그렇게 말했다.

그러나 하필 아빠가 출장을 가고 없어 더욱 외로웠던 엄마에게는, 충격이 너무 커 '할머니가 돼가지고 손녀가 죽는 날을 알려주러 왔다'는 인상밖에 남지 않았다. 오해는 그렇게 시작되어 사람과 사람 사이가 점점 어려워진다. 엄마는 분했던 것이리라. 죽을 것만 같았던 초산을 부사히 끝내고 간신히 살아 이 세상에 태어난 갓난아기에게 젖을 물리고 있는데, 한달음에 뛰어온 할머니가 얼마나 힘들었느냐는 소리 대신 고작 한다는 말이 갓 태어난 손녀의 죽는 날을 예언한 것이었으니.

남이 들으면 웃을 얘기지만, 당사자의 슬픔도 이해가

간다. 비단 그때만이 아니라, 할머니의 그런 무심함은 작은 가시가 되어 수도 없이 엄마의 인생을 찔렀으리라. 그 여파가 아래로 아래로 밀려와 그런 얘기를 모두 듣고 가장 슬펐던 것은 나였기 때문에 충분히 실감할 수 있었다.

엄마는 너무 낙담해서 하얀 시트가 시커멓게 보일 정도였다고 웃으면서 말했다. ‘눈앞이 캄캄해진다는 거, 정말 있을 수 있는 일이더라.’

병실의 형광등 빛 아래, 서로를 영원히 이해할 수 없는 두 여자.

나는 늘 상상했다. 썰렁한 광경이었다.

엄마로서는 자신의 괴로움을 호소하며, 내가 어떻게 그런 할머니를 좋아하고 따를 수 있는지 자각하기를 바랐던 것이리라. 지금은 웃을 수 있다. 그러나 어린 내게는 할머니나 엄마나, 등장인물 모두의 모습이 잔혹하고 무심하게 느껴져 마음이 어두웠다. 하기야, 유전이란 그런 것인지도 모르겠다.

엄마가 할머니 때문에 얼마나 큰 마음의 상처를 받았는지는 알 수 없다. 다만 그 얘기를 할 때 엄마는 늘 화를 냈다. 농담 삼아 말할 때도, 추억으로 말할 때도,

정말 분노에 차 있었다고 생각한다.

"괜찮아, 너는 죽지 않아. 할머니도 자기가 죽을 날은 맞히지 못했으니까!"라며 웃는 엄마의, 초승달처럼 가늘어진 눈에 어린 잔인한 표정도 나는 무서웠다. 나는 언제일지 모르는 먼 미래에 내가 죽는다는 것보다 그 두 사람이 더 무서웠다.

"할머니 돌아가실 때, 예언한 날이 아니란 말 안 했어?"

나는 그렇게 물은 적이 있다.

"그런 말은 못하지, 하지만 솔직히 얼마나 안도했는지 몰라. 할머니가 한 말이 내내 마음에 걸렸으니까. 할머니가 스스로 예언한 날에 돌아가셔서, 그다음에 너도 그렇게 될지 모른다고 생각하면 겁나잖아."

엄마는 그렇게 대답했다.

나는 마음 한구석에 남아 있기는 했어도, 그런 말 따위 아무래도 상관없으니까 전혀 신경 쓰지 않고 살았다. 물론 암시의 힘은 두렵지만, 그 힘을 휘두르는 사람이 반드시 어딘가 조금은 즐거워 보인다는 것이 더욱 두렵다. 할머니와 엄마 역시. 엄마만 해도 내가 살고 죽는 것보다, 오기가 나서라도 예언이 빗나가기를 바라는 마음 쪽이 강하지 않을까 싶은 때마저 있었다. 내가 늘 두려워한 것은 사람의 마음의 움직임이지 운명이니 자연의 위협이니 하는 것이 아니었다.

화장실 옆에 국제 전화를 걸 수 있는 전화기가 있어서, 불현듯 엄마에게 걸어볼까 생각했다가 그만두었다. 시차가 열두 시간이나 되니, 한밤중일 것이다.
"아직은 모르지, 오늘 안에 죽을지도."
그렇게 혼자 중얼거리고는 웃었다.
그리고 나는 유적에서 발굴된 유품과 머리에 수술 흔적이 있는 인골, 크고 작은 다양한 미라를 찬찬히 구경하고 밖으로 나왔다.
관내는 어두침침하고 곰팡내 나고 서늘한 회색 세계였는데, 화창한 하늘은 드높고 정면의 계단은 태양빛에 반짝거리고 있었다. 상쾌한 바람이 불어 튼실한 나무에 우거진 녹음이 흔들렸다. 가지들이 빚어내는 복잡한 무늬가 아스팔트 위에 어려 있었다.
내 뒤에는 자연 속에서 썩어가지 못하고 정연하게 진열된 것들이 있고, 앞에는 지금 이 세계에 살아 있는 사람과 동물과 식물이 있었다. 산책하는 사람들, 개,

비둘기……. 다양한 생명이 제멋대로 수놓여 있다.

　잠시 서서, 망연히 그 낙차를 바라보고는 다시 걸음을 옮겼다.

　묵고 있는 호텔 로비에서 남편과 만나기로 했는데, 부랴부랴 서둘러 조금 늦게 도착했다.

　남편은 아르헨티나 음악에서 빼놓을 수 없는 반도네온이란 악기, 지금은 제작되지 않는다는 그 악기를 언젠가는 일본에서 만들고, 연주할 수 있는 인재를 육성하는 꿈을 품고 있는 별난 사람이다. 벌써 쉰 살인데, 어린 시절을 부에노스아이레스에서 보낸 탓인지, 오십대의 보통 일본 사람보다는 훨씬 젊어 보인다. 옷을 입는 감각이나 색감도 알게 모르게 다르고, 식생활도 달라 늘 외국인과 사는 기분이었다. 그는 어렸을 적에 부모님을 따라 곧잘 구경했던 탱고 쇼에 푹 빠져, 탱고에 인생을 걸고 있다. 집에는 피아졸라의 포스터가 붙어 있고, 영화에서 튀어나온 것처럼 늘씬하고 아름답고 동작이 재빠른 탱고 댄서들이 놀러 와서는 다다미방에 이불을 깔고 자곤 한다. 그이 덕분에 나까지 이국의 그런 흥미로운 부분을 마음껏 볼 수 있다. 인맥도 있고 열정도 있어, 그는 한창 젊을 때부터 탱고에 관련된 다양한 일을 하고 있다.

이번에는 아르헨티나의 젊은이들이 운영하는 악단을 일본에 초청하는 일로 협의차 왔고, 여느 때의 출장보다는 시간 여유가 있다고 해서 나도 따라와 휴가를 즐기게 된 것이다.

호텔 로비에도 도둑이 있다는 소리를 들은 터라, 이 나라가 처음인 나는 어색할 정도로 핸드백을 꼭 껴안고 로비를 어슬렁거렸지만, 남편은 없었다. 프런트에 가보니 영문 메시지가 와 있었다.


일이 오래 걸려 밤늦게야 돌아갈 것 같아요, 스튜디오에 박혀 있어서 연락도 잘되지 않으니까 먼저 저녁 먹어요. 대신 내일은 종일 비워뒀으니까, 낮에는 관광하고 밤에는 탱고를 구경하러 갑시다.


나는 참내, 오늘 내가 죽으면 후회가 막심할 텐데, 하고 생각하고는 웃었다. 그리고 프런트에 택시를 불러 달라고 부탁하여 가이드북에 실려 있는 티그레란 곳에 가보기로 했다.

택시 안에서, 오후의 거리를 걷는 사람들을 멍하게

바라보았다. 거리에는 예쁜 것, 더러운 것, 흔한 것, 빼어난 것이 모두 널려 있어 외국에 익숙하지 않은 내 눈을 즐겁게 해주었다. 음, 혹 오늘 죽는다 해도 괴롭지는 않겠는걸, 하고 나는 생각했다.

인생이 따분하고 시시해서가 아니라, 나는 어렸을 때부터 내내 그랬다. 할머니와 엄마 사이의 험악한 분위기에 휘말리지 않기 위해 지혜를 짜다 보니 그렇게 되었는지 어떤지는 알 수 없다. 내게 하루란 늘 늘어났다 줄어들었다 하는 커다란 고무공 같은 것이었고, 그 안에서 어쩌다 가끔 무언가를 바라볼 때, 아무런 맥락도 없이 불쑥 꿀처럼 달콤하고 풍요로운 순간이 찾아오곤 했다. 영원히 계속될 것처럼 황홀한 느낌……. 그 아름다움이 느껴지면 나는 넋을 잃고 온몸으로 언제까지나 그것을 만끽하고 싶다고 생각했다.

예컨대 오늘 오후, 조용한 박물관 복도에 한없이 울려 퍼지는 내 구두 굽 소리. 항아리 속에 서로 몸을 기대고 있는 두 구의 갓난아기 미라를 봤을 때. 그 조그만 손의 뼈와 조그만 두개골을 가만히 쳐다보다가, 박물관 전체가 소리 없이 숨을 쉬는 듯한 착각이 들었을 때. 나는 세계의 일부였고, 결코 분리돼 있지 않았다.

내게 산다는 것은 그런 순간을 되풀이하는 것이지 이어지는 이야기가 아니었다. 그래서 어디에서 끊어지든 나는 수긍하지 않을까, 하고 여겼다.


티그레에 도착하여 운전사에게 데리러 와준다는 약속을 받고, 파라나 강 크루즈를 시작했을 무렵에는 이미 해가 서편으로 기울고 있었다. 하늘에도 부드러운 구름이 끼고 바람은 서늘해졌다.

타자마자 그 조그만 배는 유유히 흐르는 탁한 물 위를 달렸고, 강바람이 시원하게 얼굴을 쓰다듬었다.

양쪽 강기슭에는 다양한 집이 있었다. 일본에는 있을 수 없을 만큼 분명한 빈부의 격차. 다 쓰러져 가는 어떤 집에는 빨래가 너저분하게 걸려 있고, 때가 꼬질꼬질한 아이들이 집 안을 맨발로 돌아다니고 있다. 그런가 하면 어떤 집에는 아름다운 보트가 몇 대나 대어져 있고, 온통 유리로 된 환한 선룸이 있고, 세련된 가구가 보인다. 주말 별장이란 곳일까. 카누 연습을 하는 청년들, 다른 유람선들이 몇 번이나 천천히 스쳐 지나갔다.

그리고 가끔 구름 사이로 남미 특유의 뜨겁고 강렬한 햇빛이 비치면, 주위 풍경이 순간적으로 바뀌었다. 그 변화의 아름다움에 눈길이 사로잡혔다. 탁한 물은 황금빛으로 반짝거리고, 가난한 집도 호화로운 저택도 새하얗게 빛나는 풍경의 일부가 된다.

선원이 서빙해 주는 달짝지근한 음료와 그보다 더 단 비스킷을 먹으면서 한없이 그 변화를 바라보고 있자니, 술에 취한 기분이었다.

같은 배에 탄 미국인 관광객과 현지인 커플은 가끔 속삭이듯 말을 주고받았다. 생활의 말과 사랑의 말. 그 목소리가 엔진 소리와 물소리에 섞여, 듣기 좋았다.

언젠가, 지금 같은 기분이었던 적이 있었는데…… 하고 멍하니 생각했다.

잠시 생각하다 떠올랐다.

나는 남편을 만나기 전에, 불륜에 빠져 있었다.

상대는 전에 다녔던 회사의 상사로, 피아졸라를 무척 좋아하는 사람이었다.

그래서 지금도, 남편이 때로 아침의 거실에서 피아졸라를 쾅쾅 틀어놓으면 그 곡이 아무리 이름 없는 곡이라도 마음이 애틋해진다.

나는 전혀 불륜 체질이 아니었다. 자기 체질이 아니라는 것은 해보지 않고서는 잘 모른다고 하는데, 정말 그랬다. 토요일 아침에 그 사람이 돌아가면 늘, 아침 햇살 속에 떠다니는 빛나는 먼지의 입자를 물끄러미 바라보면서 생각했다. 방금 전까지 똑같은 맛의 커피를 마셨고, 같은 접시에 담긴 계란 프라이의 맛을 놓고 얘기를 나눴는데, 지금은 없다. 아까 틀어놓은 CD도 아직 끝나지 않았는데, 이미 연락을 취할 수도 없다. 이런 상태는 죽음과 거의 다르지 않다. 그렇게 생각했다. 그 외로움의 껄끄러운 질감이 나는 그저 거북할 뿐이었다. 그런 때는 잠시 피아졸라의 강인한 음의 흐름에 귀를 기울였다. 그러면 시간이 내게 돌아와 간신히 나의 토요일을 시작할 수 있었지만, 상당한 무리가 따르는 일이었다.

그게 싫어서, 임신했을 때 나는 그와 헤어지고 아이만 낳자고 결심하고서 회사도 그만두고 홋카이도에 있는 친척 집으로 도망쳤다.

내가 생각해도 대담한 행동이었다.

결국 그와 그의 부인이 함께 홋카이도로 찾아와, 중절 수술을 받으라며 고개를 숙였을 때도 나는 끄떡하지 않았다. 하지만 조산을 한 데다 아이는 금방 죽고 말았다. 그 후로는 아이가 잘 들어서지 않아, 임신이 쉽지 않다. 하지만 나는 나이가 들어서도 임신을 한다면 낳고 싶다. 홋카이도에서 아이가 태어날 날을 기다리는 동안, 나는 즐거웠다. 말을 걸고 마음을 쓰다 보면, 혼자가 아님을 실감할 수 있었다. 그래서 아이가 죽었을 때는 외로워서, 마치 오래도록 알고 지낸 사람이 죽었을 때처럼 눈물을 흘렸다. 내게 다시 한 번 그 기분이 찾아온다면, 기쁠 것이라고 생각한다.

남편은, 그 상사와 함께 보러 간 바이올린 콘서트에서 만났다. 피아졸라의 곡을 한껏 연주해 주는 콘서트였다. 남편은 안내 카운터에 있었다. 땅딸막한 몸집에 머리는 살짝 벗겨지고 강아지처럼 까만 눈은 부리부리하고, 에너지가 넘치는 인상적인 사람이었다. 양복이 아주 잘 어울렸다. 양복이란 멋지게 보이거나 반듯하게 보이기 위한 옷이 아니라 공적인 장소에서 일할 때 긴장감을 유지하기 위한 옷이었구나, 하고 마음속으로 고개를 끄덕였다.

나는 애인의 양복──부인이 꼼꼼하게 세탁소에 맡기는──차림을 늘 멋지다고 생각했다. 한 군데라도 사이즈가 맞지 않으면 안 돼, 라고 그는 말했다. 내 방에서 그가 와이셔츠를 벗을 때도 세탁소 딱지가 끝 자락에 붙어 있곤 했다. 반듯한 가정의 생활 냄새에 늘 서글펐다. 그런데 그때, 양복을 입은 애인의 모습이 처음으로 볼품없게 보였다. 남편을 보고 비로소 옷이란 사람이 필요해서 입는 것이지 그 이상의 의미는 없다, 멋지게 보이는 것은 그 사람이 멋지기 때문일 뿐, 옷은 중요하지 않다는 것을 알았다. 그럴 만큼 남편의 몸짓에는 설득력이 있었다.

나와 애인이 일했던 회사에서 그 콘서트에 출자를 한 터라, 훗날의 내 남편은 우리에게 인사를 했다. 상큼한 인사였다. 나는 생각했다. 정말 멋진 사람이네, 이런 사람하고 결혼하면 좋을 텐데.

돌아가는 길에 애인에게 "어떤 사람인데?" 하고 물었더니

"탱고 마니아야. 아직 결혼도 안 했을걸."이라고 인물평을 했다. 내게는 반가운 점이었다.

홋카이도에서 돌아와 일자리도 없고, 물론 애인과 깨끗하게 헤어진(부인과 같이 홋카이도까지 찾아왔으니 어쩔 수가 없었다. 아이가 죽었다는 것도 알리지 않았다.)

나는 그를 만날 수 있을까 싶어 탱고 콘서트를 보러 갔다. 그리고 정말 로비에서 어슬렁거리던 그를 만나 잠시 서서 얘기를 나눈 것이 우리의 만남의 계기였다.

결혼하기 전 겨울, 남편이 휴가를 받았다면서 드라이브를 가자고 했다. 시모다에 있는 여관에 묵으면서, 어쩌다 보니 얘기가 결혼으로 흘렀다. 그리고 급기야 앞으로 어디서 살지 그런 얘기까지 하고 말았다. 도쿄 지도를 펼쳐놓고 집값도 계산했다. 목욕을 하고 맥주도 마시고, 누워 뒹굴면서 열심히 생각했다.
그리고 돌아가는 길, 서로 헤어지기가 아쉬워 하룻밤 더 자고 가자고 말했다. 귀여운 순간이었다. 바다가 바라다보이는 구불구불한 도로 위에서, 일찍 돌아가 쉴 것 없이 내일 피곤해도 상관없으니까 바다 근처에 묵기로 했다.
이토에서 여관을 잡았다. 몹시 추운 날이었다. 여성용 노천탕에 혼자 몸을 담그고, 나는 조그만 행복을 만끽하고 있었다.
추위 탓인지 물이 너무 미적지근해서, 몸을 밖으로 내밀면 진눈깨비 섞인 찬바람이 휭 불어와 몸이 오그라

들 정도였다. 오들오들 떨고 있는 야자나무, 바람에 날려 갈 듯한 갈매기. 조화롭지 못한 겨울 풍경. 눈 아래 저 멀리에 펼쳐져 있는 바다는 온통 회색이고, 바람 탓에 자잘한 고깔 모양의 파도가 삐죽삐죽 일고 있었다. 나는 밖으로 나갈 수가 없어, 고개만 내밀고 광활한 겨울 바다의 풍경을 한없이 바라보았다.

이마는 싸늘한데, 몸은 따스했다.

많은 일이 있어 조금은 우울하고, 조금은 외롭고 허전했다. 그러나 눈에 비치는 풍경은 마음의 풍경을 압도하는 역동적인 움직임……, 그런 때 나는 늘 무언가 거대한 것에 안겨 있는 듯한 기분이 들면서 마음이 새하얘진다.

충족감. 지금 그것을 표현할 수 있는 수단은 이 말밖에 없다.


적당히 햇볕도 쬐고 나른하기도 해서 기분 좋게 호텔로 돌아왔는데, 남편은 아직 돌아와 있지 않았다.

샤워를 하고 룸서비스를 부탁했다. 멋들어진 은그릇에 담긴, 차라리 우동이 낫지 싶은 맛없는 파스타를 먹고, 인생의 마지막 밤을 위해 '건배!'나 하려고 냉장고에서 조그만 샴페인을 꺼내 병을 땄다.

샴페인을 마시면서 엄마에게 전화를 걸었더니 "너 그런 걸 아직도 기억하고 있니? 미안하다."라고 하고는, 역시 또 한바탕 당시의 분했던 마음을 늘어놓았다. 할머니, 정말 너무했다니까…….전화를 끊고 시계를 보니, 11시였다.

드디어 할머니의 점이 빗나갈 듯한 시각이다. 어슴푸레한 간접 조명에 부드럽게 빛나는 샴페인 잔, 앙증맞은 거품이 올라오는 것을 보면서 한 병을 다 마셨다. 달콤한 기분이었다.

나는 침대에 누워 책을 읽다가, 불을 켜놓은 채 잠이 든 모양이었다.

갑자기 불이 꺼져 반짝 눈을 떴다.

남편은 옆 침대에 파묻혀 자고 있었다.

시계를 보니, 12시 45분이었다.

그날이 지났다는 것에 안도한 나는 남편에게 말도 걸지 않고 다시 자기로 했다. 잠에 빠져 들면서 마지막 본 남편의 주름진 목덜미와, 내뻗은 손의 짧은 손톱, 부드러운 머리칼이 소복하게 자란 귀 뒤, 뼈가 불거진 네모난 등의 선을 생각했다. 그것들은 내가 마치 풍경을 보듯 오래도록 보아온 것이었다.

내가 먼저, 가령 오늘 죽었다면 그는 둘이서 살며 정든 그 방에서 계속 살아가리라. 그는 나의 기척이 구석구석 스며 있는 그 거실에서, 매일 아침 커피를 끓이리라. 둘의 몫이 아니라 한 사람의 몫. 그 커다란 손으로 숟가락을 들고, 남편은 늘 냉장고에서 꺼낸 병에서 커피 가루를 덜어 필터에 담는다. 그 모습을 영화의 한 장면을 보듯 상상했다. 내가 맛있다고 해서, 남편이 항상 커피를 끓여준다. 하지만 내가 없으면 칭찬해 주는 이 하나 없는데도, 그 방에서 그 빛 속에서 음악을 쾅쾅 틀어놓고 말없이 맛있는 커피를 끓이리라.

그 광경에, 가슴이 메었다 .

그리고 올해 오늘 이 밤, 어렸을 적에는 상상도 할 수 없었던 그런 일로 가슴이 멜 수 있는, 이런 순간이 내 인생에 찾아왔다는 것이 그저 한없이 기뻤다.

BAR
TRAGOS
ACAPU
ADAMS
Chiclets

CO
Y SU
show
545

# 조그만 어둠

수입상인 아빠의 출장길에 따라오기는 했는데, 부에
노스아이레스에 대해서는 아무 지식이 없어 갈팡질팡했
다. 하지만 길을 오가는 사람들이 온통 백인인 것도,
거리 모습이 유럽과 너무 비슷한 것도, 그러면서도 또
렷하고 짙은 남미 특유의 시릴 정도로 파란 하늘로 가
지를 뻗은 자카란다도 모두 신선했다.

길에는 유난히 나이 든 여자들만 있어, 스물한 살인
내가 마치 중학생처럼 보였을 것 같다. 혼자서 걸어 다
녀도 집적거리는 이가 없었고, 소매치기도 당하지 않았
다. 호텔 레스토랑에서 인상을 찌푸릴 만큼 낡은 청바

지에, 당첨에 걸려 받은 해진 슬램 덩크 티셔츠를 입고 있어 득을 봤는지도 모르겠다. 그 차림에 진 재킷까지 걸치면, 어느 모로 보나 가난한 여행자였다. 그런 데다 아빠가 혼자 다닐 때는 절대 주의를 게을리 해서는 안 된다고 했기 때문에 나는 맨손으로 돌아다녔다.

그날, 나와 헤어진 아빠는 기타를 사러 휑하니 가버렸다. 아빠의 취미는 클래식 기타, 연주는 프로급이다. 사실 아빠는 이 나라에 관광을 하러 온 것도 출장차 온 것도 아니었다. 오로지 기타를 사기 위해서였다. 어제 거래를 성사시킨 아빠는 아침부터 들떠서 밥을 먹을 때도 머릿속에는 기타 생각뿐이었다. 나도 처음에는 그 조그만 가게에 따라 들어가 진열된 아름다운 기타를 구경했다. 사람이 품을 팔고 정성을 들여 만들어 갈고닦고, 마침내 연주를 통해 생명의 찬란함을 더해 가는 악기……, 거기에는 목적 있는 아름다움이 있었다. 아빠는 눈을 반짝거리며, 차례차례 튕겨보고 연주해 보고는 정하질 못하고 한숨을 쉬었다. 너무 좋아서 고르지 못하는 눈치였다. 아마도 종일을 이 가게에서 보내겠지, 하고 생각한 나는 호텔에서 다시 만나기로 하고 가게에서 나왔다.

오기 전에 마돈나가 출연한 영화를 보고 예습한 나는 에비타의 무덤이나 볼까 싶어 가두 버스를 타고 레클라타 지구에 있는 묘지로 갔다.

묘지는 공원만큼이나 녹음이 짙었다. 수많은 사람들이 개와 산책을 하고 있었다. 혼자서 몇십 마리나 되는 개를 산책시키고 있는 사람도 있었다. 아마도 그런 직업이 있는 것이리라. 성당이 있고, 높은 탑이 우뚝 솟아 있었다. 나는 묘지로 들어갔다.

그곳은 내가 생각하고 있었던 묘지와는 전혀 다르게 멋진 건물들이 줄지은 장소였다. 하나하나의 묘가 한 채의 건물로 높이 솟아 있었다. 이거 거의 주택가네, 하고 나는 생각했다. 넓은 통로 양옆으로 집 같은 건물이 저 멀리까지 죽 이어져 있다. 납골당은 몇 사람이든 들어갈 수 있을 정도로 크다. 죽은 사람들이 있는 집, 그리고 또 집. 천사와 인물과 그리스도와 마리아 조각상이 그 집들을 꾸미고 있다. 조그만 교회가 딸려 있는 묘도, 전면이 유리에 자동문이 있는 납골당을 겸비한 묘도 있었다. 그 안에는 아름다운 관이 층층이 놓여 있었다. 안에 계단이 있어 지하로 내려갈 수 있는 묘도 있었다. 에비타의 묘는 지금도 끊임없이 사람들이 찾아오는 터라 싱그럽고 예쁜 꽃들로 풍성하게 꾸며져 있었지만, 마치 미술관처럼 호화로운 묘지 전체에 비하면 그다지 인상 깊은 편은 아니었다. 고요한 오후의 빛, 정적에 묻힌 죽은 자들의 집……, 그 풍경에 옛날에 부모님과 함께 갔던 폼페이의 유적이 떠올랐다. 거리는 그대로 있는데, 살던 사람들이 사라져버린 후의 그 정적. 지금도 당시의 활기가 냄새처럼 떠다니는 돌의 거리. 파란 하늘을 배경으로 한없이 잠잠한 죽어버린 거리.

그 묘지의 거리에 줄지은 단장한 건물들은, 모두 엄마의 묘를 쉰 기쯤 합한 크기였다.

그렇다, 엄마의 묘는 정말 작고, 일본의 묘들 가운데서도 찾아내기가 쉽지 않을 정도로 귀엽다.

멋지다. 부자가 되면 엄마에게 이렇게 멋진 묘를 써드릴까, 하고 생각했지만 그 마음은 금세 사라졌다.

그렇지 참, 엄마는 이렇게 작은 집에 들어가는 걸 가장 싫어했지, 하고 생각났기 때문이다.

죽은 사람들이 더 많은 이곳에서는, 죽은 사람이 아주 자연스럽게 되새겨졌다. 모퉁이를 돌고 또 돌아도, 비슷비슷한 아름다운 장식물과 꽃으로 꾸며진 '묘의 거리'가 이어진다. 비치는 햇살에 음영이 뚜렷해서 마치 꿈속을 거니는 듯했다. 이곳에서 하염없이 거닐다 보면 죽은 자들의 세계와 경계가 없어져, 자연스럽게 저쪽으로 발을 내디딜 수 있을 것 같았다.

엄마는 삼 년 전에 암으로 돌아가셨다. 나는 외동딸에다 엄마를 무척 따랐기 때문에 상당히 오래도록 슬픔에 젖어, 학교도 제때에 졸업하지 못하고 남보다 긴 고교 시절을 보냈다. 농구부 후배들과 같은 학년이 되었고 어찌된 일인지 같은 학년이면서도 선배라 불려, 선배가 내 별명이 되고 말았다. 졸업할 때 후배도 동급생도 다들 '선배, 졸업 축하해요!'라고 해서 유쾌했다. 그 무렵에는 엄마가 남기고 간 얇고 부드러운 기척도 집 안에서 깨끗하게 사라지고, 덜렁대는 아빠와 나의 분방한 생활도 틀이 잡혀 있었다. 엄마는 이 세상에서 소리 없이 사라져갔다.
엄마는 존재감이 별로 없는 사람이어서, 어렸을 때부터 나는 어쩌면 엄마가 오래 살지 못할지도 모른다고 생각했다. 엄마는 욕망을 그대로 드러내지도 않고, 큰 소리로 웃지도 않고, 무언가를 이미 체념하고 있는 듯한 경향이 있었다. 나는 그것이 차분하고 얌전한 아빠의 성격 때문인 줄 알았는데, 장례식 때 온 엄마의 옛 친구들 모두가 엄마는 늘 그런 사람이었다고 했다. 어떻게 하고 싶다는 것이 거의 없는 수동적인 사람이었다고.

엄마의 엄마, 그러니까 우리 외할머니는 파리에 사는 어느 유명한 화가의 애인이었고 엄마는 사생아였다. 외할아버지는 일 년에 한 삼 개월은 일본에서 살았는데, 그동안은 할머니가 현지처였다고 한다. 두 분 다 돌아가셔서 나는 외할아버지나 외할머니를 만난 적이 없지만, 가끔 전시회가 열리면 보러 가서, 내가 좋아하는 옥색을 듬뿍 사용한 그림을 보며 '흠, 역시 같은 핏줄이로군.' 하고 신기하게 생각한다. 할머니의 초상도 있다. 눈매가 엄마하고 비슷해서, 사고 싶었는데 가격이 엄청났다.

외할아버지는 노경에 접어들자 연애에 미쳐 본처고 현지처고 다 내버리고 이십 대의 아가씨와 결혼했다. 본처가 어떻게 되었는지는 모르겠지만 할머니는 정신이 이상해졌다. 그때, 모든 것을 잃은 할머니의 비탄이 이만저만이 아니었던 모양이다.

엄마는 그 얘기를 할 때만은 열을 올렸다.

나는 있는 듯 없는 듯한 엄마가 휑하니 사라져버리는 것은 아닐까 하고 언제나 불안했는데, 그 얘기를 하는 엄마는 왠지 늘 힘이 넘쳤다.

시계를 보자, 3시가 돼가고 있었다.

햇살이 따가워 나는 천천히 걸었다. 다시 에비타의 묘 옆을 지나면서 그곳에 바쳐진 무수한 헌사와 빛나는 검은 화강암을 보았다. 그리고 잠시 쉬려고 거대한 나무 그늘에 앉았다. 살랑살랑 바람이 불어와 땀을 식혔다. 묘지에는 왜 어디에나 가지를 낮게 드리운 거대한 나무가 있는 것일까? 죽은 이들을 위로하기 위해서? 죽은 이들의 에너지를 빨아먹고 자라기 위해서?

아빠는 아직도 기타를 고르고 있으려나.

마음씨 고운 아빠, 이 세상에서 클래식 기타를 가장 좋아하는 아빠.

아빠와 엄마는 신혼여행도 이곳으로 왔다고 한다. 그때도 아빠는 기타를 샀다. 일일이 연주해 보는 소리에 귀 기울이면서 엄마가 참을성 있게 아빠를 따라다녔다고 아빠는 말했다. 그리고 어느 기타를 가리키더니 당신의 소리는 저거, 라는 거야, 그 기타가 바로 이 기타지. 엄마에게는 그런 신비한 구석이 있었어, 그래서 아빠가 넘어간 거지만……. 아빠는 그렇게 너스레를 떨었다.

엄마와 아빠는 무척 사이가 좋았지만, 내가 봐도 아빠는 묘한 사람이었다. 나는 친할아버지와 친할머니는 잘 아는데 그분들에게 딱히 별나다 싶은 점은 없으니까, 그것은 아빠만의 성벽 같은 것이라고 생각한다. 어렸을 때부터 그랬다.

가령 아빠의 생일, 엄마는 아침부터 아빠가 좋아하는 음식을 준비한다. 아빠는 일찍 들어오겠다, 늦어질 것 같으면 연락을 하겠다고 하고 집을 나선다. 나는 그 말을 믿고 동아리 활동이 끝나자마자 집으로 돌아온다. 하지만 어느 정도 철이 들어서는 이미 알고 있었다. 그런 때, 아빠는 반드시 술에 취해 늦게 들어온다는 것을. 연락도 하지 않는다. 그런데 엄마와 나의 생일 때는 달랐다. 조퇴를 해서라도 아프다는 핑계를 대서라도 아빠는 집으로 돌아왔다. 그러나 아빠가 승진을 했을 때, 독립했을 때, 친구가 사고로 죽어 낙담한 아빠를 위로하는 모임이 있었을 때조차, 아빠를 기다렸다가 아빠를 중심으로 식사를 하려고만 하면 아빠는 도망쳤다. 친척이나 손님을 부르면 더욱 그랬다. 결국 아빠 없이 식사를 하고 손님들이 다 돌아간 후에, 곤드레가 되어 실려 오는 아빠를 보는 것이 고작이었다.

어렸을 때부터 엄마가 돌아가실 때까지, 나나 엄마나 얼마나 아빠를 책망했던가.

아빠는 안타깝다는 듯이 말했다.

"기다리고 있다는 생각을 하면, 나도 모르게 겁이 나. 나 자신도 정말 어떻게 할 수가 없다. 그리고 걸음이 무거워지면서 늦어지는 거지. 그럼 더더욱 연락하기가 껄끄러워 술을 마시고. 기대에 못 미치면 어쩌나, 하는 생각만 해도 그렇다."

이건 마음의 병일지도 모른다고 생각하고, 나와 엄마는 점차 대외적인 축하의 자리를 마련하지 않게 되었다. 아마도 그것은 아빠의 마음속 깊은 곳에 새겨진 상처를 건드리는 일이었으리라. 그런 성격으로 용케 독립해서 사업을 시작했네, 하고 나는 생각했지만 밖에서 무리를 하면 할수록 불거지는 틈새가 바로 그 점이었으리라.

그런데도 오기가 난 엄마와 나는 요리조리 궁리를 해

서 축하를 했다.

생일 전날 밤, 아빠가 잠든 틈에 소리 안 나게 음식을 준비하고 선물을 식탁에 올려놓은 후, 새벽 2시에 아빠를 깨워 잠옷 차림으로 건배를 한 적도 있었다. 그런 때, 우리가 굴린 잔머리가 아빠에게는 정말 다행이었다고 생각한다. 그러고는 늦잠을 자고 회사에 나가, 보통 때처럼 집으로 돌아와 저녁을 먹었다. 그렇게 할 것까지야, 라고는 생각지 않았다. 그것은 애정을 표현하는 하나의 방법이고, 인간의 나약함이라고 생각한다.

내가 엄마에게서 그 얘기를 들은 것은 딱 두 번이다.

한번은 초등학교에 다닐 때였다. 그 무렵에도 엄마와 나는 아빠의 나쁜 버릇을 고치려고 전전긍긍하고 있었다. 뭘 축하하려던 때였을까. 아빠가 여름 방학에 해외여행을 하자고 해서, 그 답례로 맛난 것을 만들자고 한 날이었나.

엄마는 하필이면 튀김 재료를 준비해 놓고 잠자코 기다리고 있었다. 나는 기다리다 못해, 그리고 어차피 아빠가 늦게나 들어올 걸 알고 있었기 때문에 내 멋대로 컵라면을 끓여 요기하고 있었다. 엄마에게도 한입 주었다.

엄마는 라면을 후루룩 먹으면서, 이렇게 말했다.

“다른 여자가 있으면, 더 심각하겠지.”

“그럼. 아빠는 너무 성실해서, 집에 이런 격식 차린 자리가 있으면 안 된다니까.”

“그래도 엄마는, 이렇게 재료를 준비하고, 튀김 냄비에 기름을 담고, 있지도 않을 저녁 시간을 기다리고 있으면, 상자에 들어 있는 느낌이 들어.”

“뭐?”

뜻을 알 수 없는 비유였다.

“이 느낌, 아마 아빠가 밖에서 느끼는 기분하고 비슷할 거야. 그래서 서로에게 끌린 것인지도 모른다고 생각하면 견딜 수가 없어. 서로가 견딜 수 없이 괴로운 부분 때문에 마주하고 있다는 기분이 들어. 그러면, 평소에 쌓아올린 밝은 것, 땅에 발을 딛고 있는 안정된 것 모두가 환상처럼 여겨지고, 내내 상자 속에 있지 않았나 싶어져. 좋아하니까, 소중하니까, 상자 속에 담아 놓지 않았나 하고 말이야. 왜 아빠 마음속에는 완벽한 아빠가 되기를 무서워하는 마음이 있을까? 아니, 모두의 마음속에도 있을 거야. 그게 무서워.”

“내가 있는데 뭘. 엄마 아빠는 상자 안에 있어도, 나는 그렇지 않은걸 뭐. 소용없어, 안 오는데 기다려봐야. 그보다 딸을 위해서 튀김을 만들어. 다 식은 거 보란 듯이 남겨놓고 먼저 자면 되잖아. 그러는 게 아빠도 마음 편할걸.”

엄마는 빙그레 웃고는, 나를 위해 튀김을 만들기 시작했다.

그날 밤 이후, 엄마는 오기로 기다리려 하지는 않았다. 물론 기다리기는 하지만, 조금씩 먼저 만들어 먹게 되었다. 나는 나대로, 내가 태어나기 전의 답답한 두 사람을 상상했다. 사랑의 열기에 고통스러워하는 남녀의 모습을 본 기분이었다.

상자에 대해서는 다른 때에 알았다.

언젠가 나와 엄마는 아오야마로 쇼핑을 하러 갔다가, 내가 가자고 해서 스파이럴 빌딩으로 전시회를 보러 갔다. 어느 외국 아티스트의 조그만 건물이 전시물이었다. 보러 온 사람들은 허리를 구부리고 그 알록달록한 창문이 달린 조그만 건물 안으로 들어가, 안에서 밖을 내다볼 수 있었다.

내가 들어가자고 하자, 엄마는 밖에서 기다리겠다고

했다.

왜, 볼거리는 안에 있는데, 들어가자 응, 하고 끈질기게 졸랐지만 엄마는, 밖에 있을게, 라고 말했다. 이상하다고 나는 생각했다. 그때 엄마의 눈빛은 왜 집에 들어오지 못하는지를 얘기하는 아빠의 눈빛과 똑같았다. 정말 이 두 사람은 마음의 상처를 접점으로 끈끈하게 연결돼 있나 봐, 하고 생각했다.

나는 이 묘지에 줄지은 묘 정도 크기의 그 건물에 들어가, 갖가지 창문으로 밖을 내다보고, 조그만 가구와 벽에 걸린 그림을 보며 즐겼다. 그리고 밖으로 나왔다. 엄마는 원래 모습대로 방실방실 웃으며 나를 맞아주었다.

"피곤하면 차라도 마실까, 엄마?"

나는 그렇게 말하고 같은 빌딩 안에 있는 값비싼 카페로 엄마를 데리고 갔다.

커피 한 잔을 귀중한 무엇이듯 반갑게, 맛있게 마신 후 엄마는 아니나 다를까 말을 꺼냈다. 엄마는 그런 사람이었다. 모호한 것을 좋아하지 않았다. 그리고 엄마는 무언가를 먹을 때면 늘 그렇게, 이 세상에서 마지막으로 먹고 마시는 사람처럼 즐거워했다. 나는 늘 그런 엄마가 애달팠다.

"아까 이상하게 생각했지?"

"엄마는 상자에 들어가는 거 무서워? 옛날에 무슨 일 있었어?"

나는 물었다.

"지금까지 말 안 했는데, 너 외할머니가 병이 나서 입원했던 거는 알고 있지. 할머니, 자살했어. 정신 병원이라서 칼 같은 것은 없었는데, 연필 깎기에서 칼날을 꺼내서, 손목을 그었어. 손재주가 좋은 사람이었으니까."

나는 모르는 일이었다. 실의에 빠져 돌아가셨다는 것은 알고 있었지만, 친척 중 아무도 그런 얘기는 해주지 않았다.

"엄마가 몇 살 때였는데?"

"여덟 살 때."

엄마는 담담하게 말했다.

"엄마하고 둘이서 살 때 할머니가 이상해지셨어. 할아버지가 그 집에 오시는 일은 없었고. 할머니는 엄마가 학교에 가는 것도 무서워하시는 것 같았어. 어느 날, 학교에서 돌아왔더니 할머니가 집 안에 종이 상자로 조그만 집을, 아까 그 집만 한 크기였는데, 아무튼 집을 만들어놓고 기다리고 계시더라. 창문도 뚫려 있고, 안에는 장난감 테이블이 놓여 있고 촛불이 켜져 있었어. 벽지까지 발려 있고, 꽃무늬도 그려져 있었지. 그림에 조예가 있으셔서, 아주 귀엽고 예쁜 종이 집이었어. 너를 위해서 이 집을 만들었으니까 여기서 살라고 할머니가 울면서 부탁하셨어. 그래서 엄마는, 그러기로 했어.”

“뭐?”

“그리고 두 주일 동안, 엄마는 그 집에서 살았어. 철저하게 그 안에서만. 한 걸음도 나가지 않았다. 할머니는 변기까지 들여놓고 깔끔하게 보살펴 주셨고, 끼니도 거르지 않고 가져다주셨어. 그 조그만 집에도 창문으로 햇살이 비치더라.”

“엄마 정말 지독하다.”

“엄마가 할머니에게 해드릴 수 있는 일이 그것밖에 없었으니까. 엄마 치다꺼리하면서 할머니는 정말 행복해하셨어. 방글방글 웃고 계셨지. 숭고해 보였어. 할아버지가 떠나고부터 내내 울기만 하는 할머니를 기쁘게 해드리려면 그 길밖에 없었다. 엄마에게 너희 할아버지

는 가끔 얼굴이나 비치는 낯선 사람이었으니까, 할머니
가 전부였던 거지.”

“그랬어.”

“엄마가 학교에 통 안 나오니까 선생님이 찾아왔다.
엄마는 보호 대상자가 됐고, 할머니는 병원으로 가셨
지. 그다음 일은 네가 아는 대로야, 엄마는 이모네 집
에서 자랐어.”

“그거, 말로 다 할 수 없는 체험이었겠다.”

엄마는 고개를 끄덕였다.

“지금도 가끔, 그 집에서 눈을 뜨는 꿈을 꿔. 몸을
웅크리고, 꺼끌꺼끌한 골판지의 감촉이 느껴지고, 조그
만 창문으로 비치는 가느다란 햇살이, 할머니가, 우리
엄마가 그린 보라색 꽃무늬를 비추고, 물감 냄새가 나
고, 그리고 된장국 냄새. 할머니가 신이 나서 움직이는
활기찬 소리. 할아버지가 오기를 기다리는 때 같은 느
낌이지. 그런데 엄마는 그 집에서 나가고 싶어도 나갈
수가 없는 거야. 나갔다가, 할머니가 엉엉거리며 울까
봐 겁이 나서. 나는 그 집 안에서 종일을 꼼짝도 않고
있었어. 몸을 웅크리고, 가만히……. 오늘은 나갈 수
있을까, 하고 생각하면서 눈을 뜨지만, 이곳을 나가면

그때는 할머니와 헤어지게 될 거라는 것을 어렴풋이 알고 있었지. 갈 곳이 없다는 생각이 들더라. 몰래 나가서 파리에 있는 할아버지에게 전화를 걸려고 한 적도 있었다. 하지만 그건, 나 스스로 할머니와 헤어지는 꼴이라고 생각했어. 그래서, 죽어도 좋다, 가는 데까지 가보자고 결심했단다.”

“그랬구나…….”

나는 그때야 엄마의 성격의 비밀을 알았다. 엄마의 일부가 아직도 그 집 안에 남아 있으리란 것도.

“그래서 아빠가 돌아오지 않을 때, 엄마의 세계가 그곳으로 가버리는 일도 있어. 그 시간이 영원히 계속될 것 같아서. 사랑하니까 일부러 그 시간 속에 가둬둔다는 것은 알겠는데, 괴로워서 견딜 수가 없어.”

“아빠한테 그런 얘기 했어?”

나는 물었다.

“아니.”

엄마는 웃었다.

“하고 싶지 않아.”

“왜?”

“약점을 알리고 싶지 않으니까.”

엄마는 한 번 정하면 어떻게든 하는 사람이다. 결혼하기 전에, 그 일은 없었던 것으로 했을 테지, 하고 나는 생각했다. 그리고 엄마는 죽을 때까지 아빠에게 그 얘기는 하지 않았다.

그런 생각을 하고 있는 동안에도, 오후의 햇살은 저물 녘의 황금빛으로 서서히 익어갔다.
나는 나무 아래서 널찍한 잎을 가만히 올려다보았다. 나뭇잎 사이로 새는 빛이 발치에서 너울거리면서 아름다운 무늬를 그리고 있었다. 팔짱을 낀 연인들이 몇 쌍이나 지나갔다. 개도 몇 마리나 내게로 다가왔다가 멀어져 갔다.
외국에 있다는 것을 잊어버릴 정도로 조용한 시간이었다.
탑 꼭대기에 있는 십자가가 햇살에 번쩍거렸다.
조금만 더 있다가 호텔로 들어가 아빠가 사 온 기타를 칭찬해 줘야지, 연주도 들어주고. 그리고…….
오늘 저녁 식사를 하면서 아빠에게 엄마의 과거를 얘기할까?
하지 말자, 아빠가 후회하고 슬퍼할 뿐일 테니까. 자

기 안의 조그만 어둠에 엄마 안의 어둠이 호응하여 서
로 괴로워했던 것도 사랑했던 것도 후회할 테니까.

내게 그것은 무엇일까? 누가 기다리고 있으면 집에
들어가지 못하는 성격도 아니고, 상자도 무섭지 않다.
하지만 언젠가는 내 안에서도 그것이 모습을 드러내겠
지. 그러니까 그것도 성장한다는 뜻이다. 나는 그것과
어떤 식으로 마주할까? 어떻게 대처할까? 나는 아직 젊
고 두려움을 모른다. 기다려지기까지 했다. 보고 싶었
다. 밖에서 보면 태평하고 평화로웠던 우리 가족에게
조그맣고 깊은 어둠이 있었고, 그 어둠은 이 묘지를 감
싼 정적만큼이나 역사를 은닉한 풍요로운 것이었다. 그
것은 부끄러워할 일이 아니다.

햇살에 반짝반짝 빛나는 나뭇잎 아래서, 나는 한없이
그 생각에 빠져 있었다.

LA MUNICIPALIDAD DE BUENOS AIRES
RECONOCIDA A LOS SERVICIOS DEL
CORONEL FEDERICO DE BRANDSEN

PERON

Q.E.P.D.

26 DE JULIO - 1982

...LORES PERDIDA NI LEJANA.

...ARTE ESENCIAL DE TU EXISTENCIA.

...OR Y DOLOR ME FUE PREVISTO.

...MI HUMILDE IMITACION DE CRISTO

...ANDUVO EN MI SENDA QUE LA SIGA

SUS DISCIPULAS

플라타너스

그 멘도사란 도시는 나이 차가 많이 나는 남편과 여행하기에 딱 좋은 곳이었다.

왜 그곳에 가게 되었는지는 기억나지 않는다. 평소에는 자기 전에 둘이 텔레비전을 보면서 술을 마시는데, 지난 반년 동안에는 그 시간에 주로 아르헨티나 가이드북을 뒤적거렸다. 그러다가, 아름다운 도시네, 하는 식으로 점차 애기가 좁혀진 것 같다.

남편은 앞서 죽은 아내와 결혼 생활을 하면서 부에노스아이레스에서 해외 근무를 한 적이 있었다. 현지 공장을 관리했다고 한다. 그 당시의 애기를 들을 때마다,

나도 신혼여행이라도 떠난 것처럼 그와 나란히 앉아 호화찬란한 관광객용 탱고 쇼를 보고 싶다고 생각했다. 그러나 곰곰이 생각해 보면 나는 서른다섯 살 그는 예순, 둘 다 밖에 나가기를 싫어하는 성격이라 좀처럼 기회가 없었다.

겨울 내내, 봄이 되면 과감하게 떠나자고 내심 기다리고 있었다.


부에노스아이레스의 번잡함에 지친 우리는 산록에 자리한 평화로운 그 도시에서 좀 더 머물기로 하고, 있는 동안은 매일 느긋하게 산책을 할 생각이었다.

묵은 곳은 넓은 공원 앞에 있는 오래된 호텔로, 겉모습은 번듯한데 방은 학생 기숙사처럼 소박했다. 창문이 덜거덕거리고 꼭 닫히지 않아, 밤에는 추웠다. 창밖으로 추운 듯 바들거리는 잔가지들이 가득 보였다. 그리고 봄을 쑥 내밀년, 서 멀리로 눈 덮인 산이 보였다. 창밖을 내다보면 싸늘한 공기에 늘 볼이 빨개졌다.

그렇다, 이 도시는 정말 춥고 독특한 바람이 불었다.

황혼 녘에 바깥을 거닐다 보면 그 싸늘한 바람과 아름다운 공기와 오가는 사람들의 생기 없는 모습에 뼈를

저미는 듯한 허망함이 있어, 천국은 이런 분위기일까 하고 생각하게 된다. 옛날에 거대한 지진이 생겨 도시 전체가 묻힌 적이 있었다는 사실도 수긍이 갔다. 모든 것이 엷어, 과거 도시의 희미한 그림자로 이루어진 듯한 느낌이 들었다.

우리는 그 점에 대해서 굳이 말로 표현하지는 않았지만 이 도시가 상당히 마음에 들었다. 특히 적막한 분위기가 좋았다. 가슴 설레는 편안함이 있었다. 도쿄에서 우리들의 생활은 너무도 활기가 없어 늘 주위에 압도되고 만다. 물론 우리도 인간이니까 일상이 있고 다투기도 하고 친구도 만나고 웃고 법석을 떨기도 하지만, 이 결혼 생활에는 처음부터 어떤 고요함이 있었다. 나는 어렸을 때부터 몸이 오그라들 듯한 적막함과, 저녁나절의 조용함, 높은 가을 하늘, 혼자서 걷는 밤길을 좋아했다. 그에게도 그런 경향이 있었다. 그것이 그와 결혼한 이유 중 하나였다.


매일 아침 일찍 일어나 옷을 두둑이 껴입고 공원을 천천히 거닐었다. 그리고 번잡한 거리까지 걸어가 늘 같은 카페에서 따끈한 초콜릿을 마시고 빵을 먹었다.

말랐는데도 잘 먹는 남편의 모습은 보고만 있어도 즐거웠다. 그래서 한참이나 그곳에 앉아 멍하게 시간을 보내고는 오후가 되면 거리를 돌아다니다가 호텔로 돌아와 낮잠을 잤다.

또는 아침 늦게 일어나 호텔을 나서서, 박물관과 광장과 와이너리를 관광했다. 그런 날에도 역시 시간은 느긋하게 흘렀다.

아무튼 저녁때가 되어 피곤하면 바에서 술을 마시면서 가이드북을 펼쳐보거나 웨이터에게 물어, 어디에서 저녁을 먹을까 생각한다. 이 도시에서는 그런 생활이 전혀 사치스럽지 않고 오히려 당연하게 느껴졌다.

이상한 일이지만 부에노스아이레스에서 신혼여행 중인 것처럼 탱고 쇼를 구경하고 보카 지구의 울긋불긋한 건물을 보고 다녔을 때보다 멘도사에서의 하루하루가 더 신혼여행답게 여겨졌다. 비슷한 생활을 하면서도 도쿄에서는 얻을 수 없었던 묘한 충일감이 우리를 채우고 있었다. 도시와 날씨와 오래된 건물이 하나가 되어 빚어내는 분위기가 이 평온한 생활에 색깔을 입혔다. 그 추위, 산과 공기와 높은 하늘. 그리고 널따란 가로수 잎이 바람에 흩날리며 하나 둘 떨어지는 모습이 가슴에 정말 찡하게 다가왔던 것이다. 아주 오래도록 이 도시에서 이런 생활을 해왔던 기분이 들어, 도쿄에서의 생활이 날마다 멀어져 갔다.

"여기 정말 야마나시 같다. 그리운가 봐."

어느 아침 남편이 절절하게 말했다.

지금은 아무도 살지 않아 가는 일도 없지만, 남편의 고향은 야마나시였다.

"하늘도 그렇고 공기도 왠지 비슷한 것 같아. 특별한 거 하나 없는 곳인데도, 싫증이 나지 않네."

그런가, 하고 생각하면서 나는 또 남편의 어깨 너머에 있는 낯선 경치를 바라보았다.

내가 이 세상에 태어날 예정조차 없었던 때에 남편은 이미 이런 경치 속에 있었고, 내가 모르는 문화 속에서 생활했었지, 하고 생각했다.


물론 우리 부모는 이 결혼에 반대했고, 남편의 유일한 피붙이인 남편의 누나도 반대했다. 그야 물론 당연한 일이라고 생각한다.

나는 젊은 사람과도 몇 번 사귄 적이 있지만 그 활기를 견딜 수가 없었다. 아무리 즐겁게 시간을 보내도 내

관심은 유리창에 비친 어둠과 날아가는 새가 하늘에 녹
아드는 모습과 나방이 날개를 퍼덕거리며 바람을 견디
는 모습에 옮아가고 말았다. 처음에는 그런 나의 마음
을 따스하게 감싸주던 사람들도 끝내는 "당신과 있으면
쓸쓸하고 따분해져."라면서, 또는 말하지는 않아도 말
하고 싶어 하며 떠나갔다.

　남편은 젊은 여자를 좋아하는 에로틱한 아저씨인 것
은 분명하지만, 그래도 나이가 많은 탓인지 차분한 면
이 있었다. 그렇다고 품위가 있는 사람은 아니고, 활발
하고 때로 성급하기도 하지만 인상만큼은 늘 차분했다.
그리고 그의 옷에서는 늘 그리운 냄새가 풍겼다. 내가
정말 좋아했던 할아버지 집의 장롱 속 냄새였다. 어렸
을 때, 놀러갔다가 장롱 속에 들어가 그 냄새를 맡으면
마음이 푸근해졌다. 그리고 장롱 속 어둠에 싸여 어린
마음에도 나는 생각했다. 할아버지가 죽으면 이 냄새도
맡을 수 없겠지, 그리 먼 일이 아니야, 그러니까 지금
마음껏 맡아둬야지. 그런 생각을 하면 몹시 불안해지면
서 이 세상에 영원토록 계속되는 것은 없을까 하는 의
문도 생겼다. 그리고 나는 기억이란 것도 발견했다. 내
세포에 새겨져 있는 이 마른 냄새는 영원하다고 생각했

다. 그러면 어둠 속에서도 마음이 조금은 강해졌다. 내가 죽은 후의 일 따위 아무래도 상관없었다. 내가 힘껏 빨아들인 이 냄새는 평생 나를 감싸줄 거야. 그렇게 생각하면, 어둠이 짙으면 짙을수록, 그곳에서 나가 언젠가 다가올 할아버지의 웃는 얼굴을 볼 수 없는 날이 무서우면 무서울수록, 자신의 존재가 확실해졌다.

그리고 할아버지가 돌아가신 후 오랜 세월이 흘러 다시 그 냄새와 해후하게 될 줄은 꿈에도 몰랐다.

반대하던 누나가 결국 결혼을 허락한 이유도 참 흥미로웠다. 한 가지는 내가 자진해서 변호사를 통해 '그가 죽으면 지금 살고 있는 아파트와 최소한의 생활비만 받겠습니다. 아이가 있으면 양육비를 받겠지만, 모든 재산을 상속할 마음은 없습니다.'란 내용의 서류를 만들어 사인을 했기 때문이었다. 나는 부모님이 건재한 데다 외동딸이어서 돈 때문에 고생한 일은 없었다. 그래서 그런 생각은 해보지도 않았고, 남편이 그렇게 많은 돈을 모아 숨겨놓고 있다는 얘기도 듣지 못했다. 하지만 생각해 보면, 그 나이가 되도록 성실하게 일해 왔고 아내는 죽었는데 아이도 없으니 돈이 좀 있다 한들 이상할 것은 없었다. 그래도 그 누나란 사람이 돈에 까다로운 사람으로는 보이지 않아, 사람이란 참 속을 알 수 없다고 생각했다.

어느 가을날 밤, 남편이 감기에 걸리는 바람에 누나와 둘이서만 가을 축제를 구경하러 갔다. 바람 한 점 없는 가을밤이었다. 멀리서 장단 소리가 들렸다. 화젯거리가 없는 우리는 노란 은행 잎을 바스락바스락 밟으면서 그저 묵묵히 걸었다. 축제를 장식하는 수레와 가마를 스치기도 하고, 가족끼리 구경 나온 사람들과 연도에 줄지은 포장마차의 들뜬 분위기를 구경하면서 사당까지 걸었다. 나는 그저 화려하기만 한 여름 축제와는 달리 운치가 있는 가을 축제를 좋아했다.

솜사탕과 볶음 국수를 사 먹다 보니 우리 사이에 점차 친근함이 감돌았다. 체형이 둥글둥글한 누나가 남편보다 더 무엇이든 맛있게 잘 먹는 모습이 보기 좋았다. 그리고 전등을 휘황하게 밝혀놓은 노점의 먹을거리는 보는 것만 해도 재미있었다. 그것은 일상적인 먹을거리가 아니라 축제를 위해 만들어놓은 장난감 음식처럼 여겨졌다.

"그이도 배가 고플 텐데, 먹을 것 좀 사가야겠네."

나는 문득 생각이 나서 다코야키를 사려고 했다.

“맛있겠다, 우리도 먹어요.”

포장마차에서 파는 다코야키는 속이 살짝 덜 익은 듯한데 그래서 더 맛있었다. 식기 전에, 있는 둥 마는 둥 한 다코(문어)를 찾느라 혓바닥을 데면서 먹는 거래요, 라고 나는 설명했다.

다코야키 가게 아저씨는 날랜 솜씨로 다코야키를 뒤집어 마법처럼 동그란 모양을 만들고는 파래와 소스를 뿌렸다.

나는 열다섯 개짜리는 남편 몫으로 들고 가고, 열 개짜리는 우리가 먹으면 되겠다고 생각했다.

그리고 사람들을 헤치고 디딤돌 옆으로 비켜서서, 다코야키를 먹자고 누나에게 말했다.

“네 서방은 열 개면 족하지. 우리 저기 앉아서 열다섯 개짜리 먹자!”

나는 몇 개면 돼요, 그이가 많이 먹어야죠, 라고 말하려다가 그때 누나의 말투와 먹을 것에 달려드는 눈빛에 불현듯 어떤 그리운 것을 느꼈다. 내게는 나이가 한참 아래인 사촌 여동생이 있다. 어렸을 때 그녀를 축제에 데리고 가면, 곧잘 그런 말을 했다.

“그래요, 먹어요.”

나는 말했다. 포장마차의 불빛 속에서 싱긋 웃는 누나의 얼굴이 어린애 같았다. 다코야키의 개수는 음식이 아니라 같은 편의 수, 시샘을 지우는 수였다. 애정을 재는 수였다.

나는 배가 잔뜩 부르도록 다코야키를 먹으면서 생각했다. 그래, 이 사람들의 어머니와 내가 어딘가 닮은 걸 거야. 그렇게 생각하자, 눈앞에 있는 주름이 깊게 새겨진 할머니의 어렸을 적 얼굴을 본 듯한 기분이 들었다. 낡은 보라색 옷도 코가 뭉툭해진 구두도 큼지막한 천 가방도 모두 사랑스럽게 느껴졌다. 누나는 몇 년 전에 남편과 사별한 후 외동딸을 칸사이로 시집보내고, 파출부만이 드나들 뿐인 독신 생활을 하고 있다. 나는 누나가 다코야키를 탐하는 마음과 똑같은 마음으로 우리의 결혼을 반대했다는 것을 깨달았다. 그 정도의 이유였다는 것을 충분히 이해할 수 있었다. 돈이 아까워서가 아니라, 달리 가족이 없으니까 자기를 가장 생각해 주는 사람이 떠나가는 것이 무서웠으리라. 나는 이 사람들의 아이이며 동시에 부모이기도 하다고 생각했다. 앞으로도 생활 속에서 이 사람들이 인생에 두고 온 무언가를 함께 나눠야 할 것이라고 생각했다. 그리고 구체적으로는 남편에게 주려고 계란빵을 사고, 누나에게도 선물용을 사 싸드렸다. 중요한 것은 식욕이 아니라, 신경을 써주는 마음이다. 생활에서 그런 것이 사라지면 사람은 점점 탐욕스러워진다. 그날부터 누나는 반대를 접고 심심하면 전화를 걸게 되었다. 그 순간을 제대로 포착하길 다행이라고 늘 생각한다. 사람이 마음속의 어둠을 드러낸 흔치 않은 순간이었다. 눈을 돌려버리기는 쉽지만, 더욱 깊은 곳에는 갓난아기처럼 사랑스러운 것이 숨어 있다. 내 자양분이 될 쓸쓸한 빛이 빛나고 있다.

어느 날 아침 평소대로 거리의 오픈 카페에 앉아 있는데, 개 한 마리가 다가와 내 코트 자락에 웅크리고 앉더니 꿈쩍도 하지 않았다. 얼굴이 좀 괴상하게 생긴 잡종이었다. 빵을 주어도 먹지 않고, 쓰다듬어 달라고 고양이처럼 고개를 들이밀었다.
"데리고 가서 키우면 안 될까."
남편이 정색하고 말했다.
이런 점이 바로 그의 사랑스러운 일면이었다.
"검역에 몇 달이나 걸릴 텐데, 이 녀석에게는 오히려

가엾은 일이죠. 이 도시가 이 녀석의 집인데, 데리고
가면 불행해질지도 모르잖아요.”

나는 그렇게 말하고 녀석의 머리를 계속 쓰다듬었다.
조그만 머리였다. 몸은 깡말랐지만 탄력이 있어서, 여
기저기 떠돌아다닌 분위기가 감돌았다. 평생을 키운 것
이나 다름없을 만큼 내 모든 애정을 쏟는다는 심정으로
쓰다듬었다.

“그렇긴 하지만, 그래도 이런 애가 하나 있으면 내가
죽어도 당신이 혼자는 아니잖아.”

“그만 해요, 그런 성급한 소리. 그리고 이 개나 내가
먼저 죽을 수도 있어요.”

“당신하고 결혼하고서, 처음으로 그런 생각 하게 됐
다고.”

“앞날은 생각할 거 없어요.”

나는 웃었다. 개는 잠이 들었다. 코트 자락을 누르고
있어 무거웠지만, 나도 움직이지 않았다. 스토브가 빨
갛게 달아올라, 얼굴이 뜨거웠다. 어중간한 이 계절답
게 길 가는 사람들의 옷차림이 제각각이었다. 이른 봄
의 옷차림, 겨울 차림, 스웨터 한 장 차림…… 모두
갈 곳 따위는 없다는 듯이 천천히 걷고 있다. 남편은

개를 위해 일부러 햄 샌드위치를 주문했다. 남편은 한 입만 베어 물고 나머지는 개의 얼굴맡에다 놓았다. 개는 일어나 꼬리를 흔들면서 햄만 꺼내 먹었다. 그러고는 또 쓰다듬어 달라고 고개를 들이밀고는, 잠시 후 벌떡 일어나 성큼성큼 걸어가 버렸다.

"애정이 다 보급됐나 보네."

"그런가 보군."

그가 허전한 듯 말하며 고개를 끄덕거렸다.

"그렇게 적적하면 아이를 낳을까?"

"나는 내 생각만 하고 살아왔으니까. 아이에게 당신을 빼앗기기 싫어."

그는 혼자 중얼거리듯 말했다.


오후가 되자 구름이 끼면서 공기가 한층 더 싸늘해졌다. 시간이 남아 영광의 언덕이란 곳에 가보기로 했다. 추워서 그런지 주차장에 차를 세워놓은 채 내리지 않는 커플이 많았다. 모두 겨울을 나는 새들처럼 서로에게 몸을 기대고 있었다. 다들 이 아름답고 따분한 도시에서 휴일을 지내고 있었다. 언덕 위에는 놀라우리만큼 거대한 브론즈 상이 서 있었다. 남편이 가이드북을 보면서, 오천의 안데스 군을 이끌고 칠레로 향하는 산 마르틴 장군의 용감한 모습이 그려져 있다고 가르쳐주었다. 장군 주위에도 많은 조각상이 서 있었다. 수많은 사람과 말들이 하늘 높은 곳을 쳐다보며 달리고 있었다. 그것들은 뒤섞여 하나로 보였고, 그 활기차게 움직이는 모습이 정지해 있다는 게 신기할 정도로 뛰어난 작품이었다. 바람 속에서 보면 사람들의 머리카락과 말의 갈기가 정말 바람에 흩날릴 것 같았다.

그리고 그 용감무쌍한 기상에 반해 이 고장 이 장소에 한없이 서 있어야 하는 허망함이 느껴지기도 했다. 무언가가 과거가 되어 사라진 도시——끝난 세계를 바라본다. 저 멀리에 있는 거리를 내려다보자, 구름 사이사이로 황금빛 햇살이 비쳐 모든 것이 세피아 색이었다. 그리고 잔설이 더러 남아 있는 산꼭대기도 햇살을 받아 반짝이고 있었다.

나와 남편은 계단에 앉아 그런 풍경을 바라보았다.

"춥다."

"정말 춥네요."

"내려가서 따끈한 거라도 마실까? 거 뭐라고 했더라, 뜨거운 우유에 초콜릿 덩어리 녹여서 마시는 거."

“아아, 서브마리노.”
“이번 여행을 하면서 아주 많이 마셨지.”
“거의 습관이 됐죠.”
“일본에는 없으니까.”

언제였을까 아직 사귀는 중이었는데, 내 방에서 밸런타인데이라고 초콜릿이라도 먹자 싶어 귀여운 초콜릿 상자를 찾아 열어보았더니 안이 텅 비어 있었다. 우리는 어떻게든 초콜릿을 먹으려고 편의점까지 걸어갔다. 추운 밤이었다. 바람은 몰아쳤고, 별은 어지러울 정도로 반짝거렸고, 공기는 베일 듯 맑았다. 선반에 진열된 초콜릿이 하나같이 맛없어 보여, 내가 사고 싶은 건 없네, 라고 했더니 그는 그럼 우유하고 코코아 가루를 사 가서 맛있는 핫 초콜릿을 만들자고 했다. 그리고 둘이서 훈훈한 방으로 돌아가, 정성껏 데운 우유에 코코아 가루와 시나몬과 카르다몬을 넣어 정말 맛있는 핫 초콜릿을 만들었다. 끓어 넘치지 않게 조심조심하고, 너무 달지 않게 신경을 쓰고, 컵을 데우고……. 그렇게 무슨 의식을 치르는 것처럼 온 마음을 집중한 덕에 더욱 맛있었다. 이렇게 나중에 되새겨 보니, 꽤 한참을 마셨던 것 같다. 집중했던 즐거운 추억은 왜 나중에 돌아보면 쓸쓸하게 느껴지는 것일까?

"이 언덕에서 호텔은 안 보이려나."

"이렇게 숲이 울창한데 보이겠어."

"호텔 앞에 있는 가로수, 무슨 나무일까?"

"아아, 그 잎이 커다란 나무. 그거 플라타너스야."

"노래에도 나오죠."

"플라타너스 낙엽 떨어지는, 겨울 길에서…… 하는 거지."

"참을 수 없어, 돌아보네……였나? 여행을 떠나네? 돌아봐도 그곳에는 부는 바람밖에 없었네, 였죠. 이 도시에서 내내 그 곡이 떠올랐는데."

"이렇게 세대 차가 나는데, 같은 노래를 알고 있다니 좋은데."

그가 기쁜 듯이 웃었다. 그 옆얼굴 너머로 바람에 몸을 떠는 나무들과 먼 산과 구름 낀 하늘이 보였다.

"교과서에 실려 있었어요."

나는 말했다.

학교 교실에서 큰 소리로 노래를 불렀을 때는, 그 오후의 햇살이 강하게 비치는 음악실에서는, 내가 언젠가 그 노래처럼 다른 나라의 풍경 속에 있으리란 생각은 꿈에도 하지 못했다.

　이미 그 호텔 앞길은 이 도시에서 가장 인상적인 추억의 풍경이었다. 바람이 부는 파란 하늘을 배경으로, 또는 캄캄한 밤의 칠흑 같은 어둠을 수놓으며, 그저 넓고 똑바른 길 가득 손바닥만 한 낙엽이 어지럽게 떨어지는 그 광경에 내 머리는 혼란스러웠다. 그 광경을 보고 있으면 아무 생각도 할 수 없었다. 여기저기서 흩날리는 잎사귀들이 순간적으로 눈앞의 세계를 메우는 것을 그저 바라볼 수밖에 없었다.

　"그 커다란 잎이 떨어지는 광경 보는 거, 정말 좋아요."

　"응, 나도. 그만 내려가서 그 길을 거닐까. 그리고 오늘 밤 뭐 할지도 생각하자고."

　"그래요."

　우리 둘은 일어나 팔짱을 끼고 걸었다.


　돌아보자, 장군은 높은 곳에서 말에 올라탄 용감한 모습으로 먼 곳을 바라보고 있었다. 나는 이런 시간이 영원히 계속되어도 좋겠다고 생각했다. 그러나 시간은 언젠가 나와 그의 생명을 별 시차 없이 무로 환원시킬

것이고, 그때도 이 도시의 브론즈 상은 머리칼을 흩날리고 있으리라. 같은 바람이 또 그 길의 플라타너스 잎을 떨어뜨리리라. 그런 생각을 하자, 죽는 것이 두려웠다.

하치 하니

나는 별다른 감정 없이 대통령 관저 앞 광장에 앉아
있었다. 거동이 수상해서 소매치기란 것을 금방 알 수
있는 사람이 몇 명 있었다. 놀라운 일이지만, 소매치기
는 '당신 소매치기죠?'란 눈빛으로 이쪽이 당신의 정체
를 알고 있다는 것을 알리면 절대 다가오지 않았다. 눈
길이 마주칠 때마다 오히려 아는 사람 같은 표정으로
이쪽을 쳐다보았다. 각박한 것인지 평화로운 것인지 알
수 없는 도시 부에노스아이레스.

나는 화단에 걸터앉아, 비둘기와 비둘기 모이를 파는
할머니를 보고 있었다. 할머니는 딱히 아무런 생각도
없는 것 같았다. 오늘 하루 여기에서 지내면서 비둘기

모이를 판다는 사실이 있을 뿐이었다. 나와 아주 비슷한 심경이라고 생각했다.

광장 끝에 벽이 분홍색인 대통령 관저가 보인다. 「에비타」에서 마돈나가 저곳에서 노래를 불렀었나, 그 영화를 왜 봤더라…… 하고 생각하다가 또 떠오르고 말았다. 그 비디오를 빌려와 우리 집 거실에서 보았던 비 내리는 밤이. 따분하게 영화를 보고 있는데, 그가 바람에 우산이 망가졌다면서 돌아왔다. 몸 오른쪽이 푹 젖어 있었다. 나는 목욕 수건을 들고 와, 개나 고양이를 닦아주듯 그의 머리와 몸을 대충대충 닦고는 다시 소파에 누웠다. 그가 방으로 들어왔을 뿐인데, 비 냄새가 퍼졌다. 창문에는 투명한 빗물이 줄줄 흐르고 있었다. 길이 까맣게 소리 없이 젖어 있었다. 여느 밤과 다름없는 평범한 밤이었다. 그는 뜨거운 커피를 끓여, 내게 컵을 건넸다. 그 컵은 어느 일요일 동네 골동품 가게에서 눌이 함께 산 것이었다. 그 골동품 가게까지 가는 복잡한 길에는 알록달록 자그마한 꽃이 피어 있었다. 햇살에 길이 하얗게 보여, 마치 천국에 있는 기분이었다. 오렌지색, 노란색, 분홍색 꽃들. 초록색 풀이 바람에 흔들렸다. 추억이 너무 많아 맞거울을 들여다보는 것 같았다. 거의 무한에 가까운 둘의 세계가 있고, 지금은 그곳에서 떨어진 세계에 있다.

나는 이 도시에 사는 친구를 찾아 이곳에 왔다.

친구는 탱고를 배우다가, 선생인 아르헨티나 남자와 사랑에 빠져 결혼했다. 지금은 일본에서 오는 관광객을 안내하는 일도 하고 있다. 정식 가이드는 아니지만, 꽤 바쁜 듯하다. 안내를 하면 마지막에 팁 비슷하게 돈을 받는다고 한다. 남편이 학생들의 공연을 따라 투어를 떠나, 지금 나는 그녀 집에 머물고 있다. 그녀는 낮에는 관광객들을 안내하기 때문에 밤이 되어야 돌아온다. 나는 낮 시간을 매일 어슬렁거리며 지냈다. 자유롭고 즐겁고, 내내 이렇게 지내면 좋겠는데, 하고 생각했다. 특히 그녀의 집이 있는 레클레타 지구는 녹음이 울창해서 그냥 걸어만 다녀도 기분이 좋았다. 나는 생각하지 않으려고 마냥 걸었다. 밤에는 포도주를 조금 마시고 침대에 쓰러져 잤다.

이래도 괜찮아, 지금은 이것으로 충분해. 낯선 도시에서 낯선 소리를 들으면서, 타인의 집의 딱딱한 소파 베드에서 나는 매일 밤 생각했다. 시간을 버는 거야, 그것밖에 할 수 없으니까. 야생 동물이 열이 나는 몸을 치유하기 위해 어둠 속에서 꼼짝하지 않고 상처를 핥으며 기다리는 것처럼, 정신이 서서히 회복되어 제대로 숨을 쉬고 정상적인 생각을 할 수 있을 때까지 이렇게 지내는 게 가장 좋아. 그렇게 생각했다.

"오늘 2시에 5월 광장에서 하얀 스카프의 엄마들 행진이 있을 거야."
친구가 나가면서 그렇게 말했다.
"별로 유쾌하지는 않지만, 그 행진을 볼 때마다 많은 것을 생각하게 돼. 정말 많이. 그 일이 생긴 게 바로 얼마 전이니까 어쩔 수 없지 뭐. 보면 알 수 있을 거야. 그리고 부모님 생각도 날걸."
그래서 나는 이렇게 그 광경을 보러 어슬렁거리고 나와 있다. 마침내 머리에 하얀 스카프를 두른 엄마들, 아니 할머니들이 하나 둘 모여들었다. 취재를 하려는 저널리스트와 경관들의 모습도 보였다. 구름 낀 하늘 아래 대통령 관저의 분홍색 벽이 부옇게 보였다. 소의 피를 섞어 만든 색. 그리고 비둘기들이 무수히 날아오르고, 하얀 스카프를 두른 할머니들 몇십 명이 터벅터벅 광장을 돌기 시작했다. 할아버지도, 친척인 듯한 사람들도 함께 걸었다. 할머니들은 가슴에 빛바랜 사진을 걸고 있었다. 젊은 청년이 웃고 있는 사진, 곱게 차려입은 아가씨의 사진. 그런 끔찍한 일에 연루되었다기에는 너무도 평범하고 귀여운 표정.

"일본에서 왔어?"

옆에 있던 일본 사람인 듯한 아주머니가 일본 말로 물었다.

"네."

"난 이 나라에 이민 와서 교외에 살고 있는데, 그때는 정말 끔찍했어. 갑자기 군사 정권으로 바뀌면서 좌익 운동에 조금이라도 가담한 학생이나 페론 파 사람들이 정말 많이 사라졌어. 데모에 참가만 해도 말이야. 거의 돌아오지 않았어."

아주머니는 일본 사람이 틀림없는데, 옷차림이나 표정, 화장한 모습 등이 이미 일본에 살지 않은 지 오래란 느낌을 주었다.

"네, 영화에서 봤어요."

나는 어쩌다 그렇게 끔찍한 영화를 봤을까. 잡혀 와 반라의 상태로 한군데 모인 학생들에게 호스로 물을 끼얹기도 하고, 눈가리개를 씌운 채 방치하기도 하고, 강

간하기도 하고. 당시, 지금 광장을 걷고 있는 부모들은 집에서 애가 타 안절부절못하고 잠을 못 이루면서도 평소처럼 생활했다. 여기 모인 사람들의 내면에서 그 기간에 무언가 아주 소중한 감각 하나가 영원히 상실되었으리라. 죽어간 아이들이 삶을 잃어버린 것과 마찬가지로, 내면에서 무언가가 사라졌으리라.

"한밤중에, 우리 집 근처에 있는 숲 속에 군용 트럭이 왔는데, 우리 가족은 너무 무서워서 밖에 나가보지도 못했어. 따따따따 하는 총소리가 나면서, 고함 소리 비명소리가 들리고, 그 후에 또 큰 차가 오고 나서 조용해졌어. 다음 날 아침 숲에 가봤더니, 핏자국이 얼마나 번져 있는지. 그렇게 삼만 명이 사라졌어."

아주머니가 말했다.

나는 말없이 고개만 끄덕이며 행진하는 사람들을 바라보았다.

비눌기도, 소매치기도, 이민 온 아주머니도, 여행자도, 모두 왠지 모르게 거기에 머물러 있다는 기분이 들었다. 하얀 스카프를 두르고 광장을 도는 엄마들도 이미 자식이 돌아오리란 기대는 하지 않는 듯 보였다. 다만 인생의 시간을, 답답하고 어쩔 수 없는 마음을 그런

식으로 표현하면서 당시의 사건이 안일하게 흘러가는
이 시간에 묻혀버리는 것을 거부하고 싶은지도 몰랐다.
이미 할머니가 된 그 사람들은 딸과 아들의 사진을 목에
걸고 있으면서도 두런두런 세상 돌아가는 이야기를 나눴
다. 그 점이 오히려 현실감이 있었다. 그런 것이라고
생각한다. 그것이 시간의 경과이며, 슬픔의 색채였다.

슬픔이란 결코 치유되지 않는다. 단지 엷어지는 듯한
인상을 주어 그것으로 위로 삼을 뿐이다. 저들의 슬픔
에 비하면 나의 슬픔이란 이 얼마나 치졸한 것인가. 근
거도 없고, 저들처럼 부조리함에 뿌리를 둔 것도 아니
다. 그저 멍하게 지나간다. 다만 어느 쪽이 대단하게
깊다 할 수는 없다. 모두 공평하게 이 광장에 있다. 나
는 상상했다.

어느 날 아침, 한참 건방을 떨 나이의 아들이 평소처
럼 커피 잔에 슬쩍 입만 대고, 깡마른 몸에 좋아하는
청바지를 입고 학교에 간다. 엄마의 눈에는 어렸을 적
이나 별 다름없는 아들로 보인다. 그 모습에 당연하다
는 듯 모든 추억이 뭉쳐 있다. 데모에 잠시 참가한 적
이 있다는 사실 따위는 알지도 못하고, 그 자신도 친구

를 따라 갔을 뿐인지도 모른다. 그런 그가 두 번 다시 돌아오지 않는다. 그건 어떤 기분일까. 혁명 후의 정국이 안정을 찾을 때까지는 아무도 분명하게 말할 수 없다. 겁이 나니까 아무도 도와주지 않는다. 끔찍한 소문에 우왕좌왕하는데, 좋은 소식은 하나도 들려오지 않는다. 운 좋게 수용소에서 돌아온 사람은 겁에 질려 있고, 입에서 흘러나오는 정보는 소름이 끼치는 것들뿐이다. 비슷한 시기에 고등학생이었던 나와는 너무도 먼 일이다. 그것은 잉카 제국에서 있었던 일도 아니고, 세계 대전 중에 있었던 일도 아니고, 일본에서 내가 부모 말을 듣지 않고 아침에야 집에 돌아오곤 하던 바로 그때 이 지구상에서 일어났던 일이다. 너무 넓고, 너무 커서 나는 어질어질했다.

그리고, 나는 생각했다.

그런 우리의 오후가, 왜 지금, 이 나른하게 구름 낀 하늘 아래서, 이 아무 특별할 것 없는 광장에서 서로 교차하고 있는 것일까.

몇 번이나 돌고 도는 엄마들 중에서 우리 엄마를 꼭 닮은 뚱뚱한 아줌마를 발견했다. 눈동자의 색깔만 빼고, 보면 볼수록 비슷했다. 가만히 보고 있었더니, 몸

짓까지 닮은 느낌이 들었다.

감기에 걸리면 엄마는 늘 뜨거운 물에 꿀을 타서 위스키와 레몬 즙을 살짝 떨어뜨려 주었다. 고등학생이 되어서도 그랬다. 이 엄마들의 자식들이 피를 흘리고 고문을 당했던 저녁에도 나는 엄마에게 어리광을 피웠다. 그런 것이 바로 세계란 것일까. 엄마는 그것을 '하치 하니'라고 불렀다. 레몬 꿀물이라고 해야 되는 거 아니야? 몇 번이나 그렇게 말해도, 그 이름이 좋다면서 바꾸지 않았다. 그 뜨겁고 달짝지근한 맛이 온 입 안에 퍼지는 듯한 기분이 들었다. 세계 어디를 가든 같다. 엄마의 냄새. 조금은 비릿하고, 무겁고, 달콤하고, 한없이 깊다. 그것이 갈 곳을 잃고 지금 이 광장을 메운 채 빙글빙글 돌고 있다.


"너, 헤어지면 안 돼. 그런 일로."
엄마가 전화기 저편에서 말했다.
"결혼 생활을 오래 하다 보면 이런저런 일이 많아. 헤어지자 싶어도 이삼 년은 기다려라."
나는 대답했다.
"지금보다 나이를 더 먹으면 대책이 없잖아."

“네 나이에 이삼 년은 아무 문제 아니다.”

그러나 그때 내 머리에 떠오른 것은, 키우던 고양이가 죽었을 때 소파에 엎드려 울고 있는 나의 머리카락을 뒤죽박죽, 그러나 부드러운 손끝으로 쓰다듬어 주던 엄마의 모습이었다.

아아, 남편이 나를 아예 좋아하지 않으면 좋을 텐데. 애정이 흔적도 없이 사라져버렸다면 좋았을 텐데. 남편의 그녀가 형편없는 여자였다면 좋았을 텐데. 전부 떨쳐버릴 수는 없는 것이 현실이다. 남편의 사랑은, 매일 걸려오는 전화에서도 전해진다. 엄마처럼 무턱대고가 아니라 자신감 없게, 그것이 타인이란 것일까. 가족을 만들었다고 생각했는데, 타인이 서로에게 신경을 썼을 뿐이었다. 하지만 나도 마음이 누그러져, 함께 지낸 긴 세월에 떠밀려, 오늘 밤, 엄마들을 본 답답한 심경을 남편에게 전화로 얘기하고 싶어질 것 같다. 혼란스럽나. 이 혼란을 껴안은 채 나는 오늘 밤도 친구 집 침대에 눕는다. 그래도 영화나 책을 통해서가 아니라 이 두 눈으로 그 엄마들을 본 것이, 그 목소리와 치맛자락이 바람에 흩날리는 모습과 세상 이야기를 나누며 웃는 모습을 본 것이 나를 다소는 바꾸는 핵이 된 것 같다. 나는 그때, 나란 인간이 살아온 과정을 멀리서, 멀리서 보았다.

　광장 반대쪽에서는 다른 엄마들이 역시 검은 옷에 하얀 스카프를 두르고 매점을 벌여놓고 있었다. 나는 그곳으로 걸어갔다. 비디오와 팸플릿과 그림엽서와 티셔츠를 팔고 있었다. 수익금은 이 운동을 위한 자금으로 쓴다고 쓰여 있다. 티셔츠나 살까 싶어 들춰보자, 하얀 스카프를 두른 한 엄마가 뭐라고 말을 걸었다. 스페인어를 몰라 난감해하고 있었더니, 가까이에 있던 저널리스트인 듯한 젊은이가 영어로 통역해 주었다.
　"요즘은 작은 사이즈의 티셔츠가 유행하니까, S사이즈가 좋지 않겠느냐고 하는데요."
　나도 모르게 웃고 말았다. 생활력, 그리고 어린 자식이 과거 언젠가 있었다는 것……, 역시 엄마는 어느 나라에서나 엄마고, 그것은 아주 슬픈 일이다. 나는 엄마가 되는 일이 있을까. 언젠가, 또 다른 눈으로 이 사람들을 생각하는 일이 있을까. 아무것도 정해지지 않았는데도 마음이 후련해, 나는 티셔츠를 산 뒤 고맙다는 말을 하고, 광장을 떠났다.

Distal
LIBROS

# 해시계

어느 무더운 오후였다. 나는 점심을 먹으려고, 남자 친구와 산책을 하면서 동네에 있는 샌드위치 가게로 갔다. 그 가게에서는 천 엔에 양이 풍성한 샌드위치와 샐러드와 커피를 즐길 수 있다. 우리는 쉬는 날이면 늘 그곳에 간다. 가게에는 손님이 많았지만, 바깥쪽으로 나 있는 자리에 앉을 수 있었다. 많은 사람들이 제각각 많은 얘기를 나누고 있었다. 눈앞에 있는 공원은 폭력적일 정도로 녹음이 무성했다. 언젠가 이렇게 무성한 녹음을 본 적이 있는데, 맞다 유적지에서 봤었지, 하고 생각하는데 휴대폰이 울렸다.

“여보세요.”

잡음에 섞여 들린 것은 바로 그 유적지에 함께 갔던 요시미의 목소리였다.

“어머, 지금 막 요시미 생각하고 있었는데.”

나는 말했다. 반드시 그렇지 않다고는 할 수 없다. 남미의 저 폭력적인 녹음을 생각하기 시작한 참이었으니까.

“나, 유산했어.”

요시미가 말했다.

“어쩌다?”

“모르겠어 원인은. 또 처음부터 다시 시작이야.”

멀리 브라질에 사는 그녀는 맥없이 웃었다. 그녀는 결혼한 후 브라질로 건너가 남편과 함께 일본 음식점을 경영하고 있다.

“그러니, 명복을 빈다.”

주위 사람들이 순간적으로 귀를 쫑긋 하는 기척이 느껴졌다.

“슬프다. 조금 전까지 같이 있었는데, 내 배 속에서.”

요시미는 정말 슬플 때면 목소리가 한층 차분해진다.

"지금 어디 있는데?"

놀란 내가 물었다.

"병원. 실려 와서 스물네 시간을 꼼짝 않고 있었는데
도 소용없었어."

"그는?"

"지금 없어. 여기 한밤중이야."

"갈까?"

내가 왜 그런 말을 했는지 모르겠다. 수화기에서 목
소리가 너무 가깝게 들려, 금방 갈 수 있을 것 같았다.
아니, 지금 와주기를 바란다면, 지금 혼자 있고 싶지
않다면, 당장이라도 곁에 가고 싶었다. 왜 그런 생각까
지 했는지는 모르겠다. 망가져 가는 그녀의 결혼 생활
을 지탱할 유일한 끈이, 희망의 끈이 그 아이였는지도
모른다. 운명은 왜 그녀와 그녀가 사랑하는 남자의 사
이를 떼어놓으려는 것일까. 아니면 무슨 일이 있어도
함께 있도록 하려는 것일까. 해석은 본인의 일이다. 나
는 그저 그 하얀 손을 잡고, 머리를 쓰다듬어 주고 싶
었다. 그것으로 족했다. 그렇게만 할 수 있어도 마음이
놓였으리라. 한밤중에 그것도 병원에서 혼자라고 느끼
게 하고 만 것이, 어쩔 수 없는 일이지만 분했다. 다음

에 만나면 위로조차 이미 과거가 된, 여느 때와 다름없
는 두 사람일 테고 이 일은 화제에 오르지도 않으리라.
알고 있다. 지금 슬프다면, 지금 그곳에 있지 않으면
아무런 의미도 없다.

"괜찮아, 목소리 들었으니까."

그녀는 웃었다.

"신이 나쁘게는 하지 않을 거야."

"친절한 일본의 신이나 그렇지, 브라질의 신은 얼마
나 잔인하고 대담한데."

"그 신을 본받아 얼른 부활해."

"알았어. 괜찮아. 어쩔 수 없잖아, 이미 없는걸. 처
음부터 다시 생각해야지. 그래봐야 여기 너무 더워서
어차피 될 대로 되라지만."

요시미는 말했다.

"또 전화할게. 고마워."

병원의 어두운 복도, 낡은 국제 전화를 상상했다. 그
곳에 서 있는 잠옷 차림의 요시미를 생각했다. 그녀의
남편에게 젊은 브라질인 애인이 생기는 바람에 헤어지
느니 이혼을 하느니 한바탕 난리를 피운 후 간신히 부
부 사이가 회복되어, 아이를 가진 참이었다. 곱게 자란

요시미는 돌아가신 엄마의 '부부란 평생을 해로해야 하니까, 헤어져서 돌아오면 절대 안 된다.'는 가르침을 내내 당연한 것으로 여기고 살았다. 남편에게 여자가 생겼을 때도 차분한 목소리로 내게 의논했다. 엄마가 돌아가시고 안 계시니까 지키지 않아도 되잖아, 라고 내가 말하자 그녀는 조금 더 버텨볼게, 라고 했다. 인생은 수많은 사건의 연속이고, 사랑하는 사람에게 무슨 일이 생기든 주변에서는 그저 가만히 지켜보는 길밖에 없다. 실제로 손가락 하나 까딱할 수 없다. 마음이 혼란스러운 것만이 사랑을 보여주는 유일한 증거다.

"잘 자."

대낮에 잘 자라고 말하자, 남자 친구가 어리둥절해하는 것 같아서 나는 짧게 설명했다. 눈앞에는 어느새 나온 큼지막한 샌드위치와 아무 일도 없었던 듯 상큼한 오후의 햇살과 차들이 오가는 큰 길이 보였다. 그 순간, 낯선 곳을 여행하고 온 듯한 착각이 들었다. 사람의 마음에 깃든 어둠과 시차의 어둠.


바로 얼마 전에 일 때문에 브라질에 갔을 때, 막 아이를 갖고 들떠 있는 그녀와 기독교 유적을 보러 갔다.

18세기 파라과이의 산속에 사는 과라니족에게 기독교를 전파하기 위해 현지로 떠난 예수회 선교사들이 과라니 사람들과 함께 지은 거주 공간이었다. 선교사들은 그 땅이 스페인과의 조약으로 포르투갈 영이 되어 박해가 시작될 때까지 그곳에서 평화로운 공동생활을 했다. 원래 스페인에 노예로 팔려 갔던 과라니 사람들에게 그 장소는 성스러운 소도 같은 곳이었다고 한다.

차를 세우고 그 웅장한 유적 앞에 섰을 때, 서양과 남미의 고대 문화가 묘한 조화를 이루고 있는 광경이 무척 신비로웠다. 그리고 어떤 그리운 느낌도 들었다. 천사와 신의 얼굴이 야성적이었다. 교회는 소박한 모양새였고, 무너져 가는 종루에는 돌의 크기가 제각각인 계단이 있었다. 갈색 석조 건물이 나란히 서 있는 주변에는 숨이 막힐 듯 짙푸른 잡초가 모든 것을 뒤덮을 만큼 무성하게 자라 있었다. 아무도 보고 있지 않은데 거대한 해시계가 그 당시부터 흐른 시간을 의연하게 새기고 있었다. 평화로웠을 때도, 전쟁이 났을 때도, 피가 흘렀을 때도, 또 그것들이 모두 끝나 사람의 흔적조차 없어졌을 때도, 이렇게 관광객들이 자유롭게 드나들게 된 후에도, 그저 태양의 움직임을 따라 충실하게 돌고 있었다. 그렇게 나른한 시간의 흐름 속에서, 잡초들이 모든 것을 지배하고 있었다. 마테 나무가 몇 그루나 힘차게 뻗어 있었다. 우리도 드라이브를 하면서 과라니어로 '인어의 약초'라 불리는 그 잎으로 끓인 미적지근한 차를 마셨다. 그녀의 남편이 경영하는 일본 음식점의 종업원이 운전을 해주었고, 그는 한두 마디 할 줄 아는 일본 말로 얘기했다. 포르투갈어로 그에게 말을 거는 그녀는 브라질 사람이 다 돼 있었다. 임산부니까 비타민 C를 섭취해야지, 하면서 그 씁쓸한 차를 빨대로 몇 번이나 쪽쪽 빨았다.

땀을 닦으면서 줄지은 흙색 기둥 사이로 둘이 천천히 걸었다. 눈에 비치는 것은 두 가지 색채뿐이었다. 짙은 초록과 흙색 유적. 비바람에 깎인 다양한 조각상들은 한없이 거대했다. 그 광대함에 내 몸이 아주 작게, 내 발걸음은 아주 느릿하게 느껴졌다. 사천 명의 생활의 숨결이 풀의 입김으로 모습을 바꾸어, 지금 여기에 있는 듯한 기분이었다.

우리는 모든 것을 내려다보고 싶어, 종루에 올라가기로 했다. 계단이 가팔라, 그녀는 배를 껴안듯 하고 조심조심 천천히 올랐다. 마침내 계단을 다 오르자, 눈 아래로 같은 색채의 광활한 파노라마가 펼쳐져 있었다. 허망할 정도로 넓었다. 방금 전에 본 교회가 저 멀리 보였다.

"무슨 설계도를 보는 것 같다."

그녀가 낮은 담에 걸터앉아 기둥에 몸을 기대며 말했다.

"그러네, 위에서 보니까 마치 항공사진처럼, 이곳 전체의 설계도가 한눈에 들여다보인다."

저 네모는 거주 지역, 저것은 예배당, 저기는 묘지, 저곳은 신부들의 집이 있었던 곳…… 하나하나 가리키며 그녀가 설명했다.

"생각난다. 중학교 다닐 때, 둘이서 설계도에 푹 빠졌던 적이 있잖아."

그녀가 말했다.

듣고 보니 그랬다. 우리는 방과 후, 별 생각 없이 옥상에 올라가 동네를 내려다보았다. 담배를 피우고 포도주를 마시면서 공책에 살고 싶은 집의 설계도를 그렸다. 지금처럼 요시미의 긴 머리칼이 바람에 흩날렸다. 그 설계도에는 반드시 서로의 방이 있었다. 해가 지고 어두워질 때까지, 우리는 술에 취해 미친 듯이 설계도에 열중했다.

"이렇게 천장도 없는 곳에서 살면 감기가 내내 떨어지지 않겠다."

"이런 데서 설계도를 떠올리다니, 그 시절에는 꿈도 못 꿨는데."

"정말 넓다, 대지란 느낌이 든다."

"이 경치하고 저녁노을만큼은 어디에도 비할 수 없을 거야. 그리고 이 햇살, 이 강렬한 하늘색. 늘 수영하고 나온 듯한 기분이지."

아직 어린 티를 벗지 못한 그 시절의 중학생이 옥상의 콘크리트 바닥에 앉아 미간을 찌푸리며 열심히 설계도를 생각하는 광경이 내 마음속에 소름 끼치도록 선명하게 되살아났다. 그것은 우리 둘의 왕국이었고, 이상세계였다. 마당에는 사과나무와 호두나무와 무화과나무가 있어 배를 주릴 일도 없고, 휘장이 쳐진 침대에는 늘 새하얀 시트가 깔려 있었다.

"아이하고 너하고, 그 설계도 속에서 살고 싶다."

그녀가 웃었다.

"도쿄에다 저런 규모의 집을 지으려면 몇 억이 있어도 모자라겠지."

"그래도 도쿄가 아니면…… 백화점도 있어야 하고, 영화도 보고 싶고. 아, 책방에 가서 일본어로 된 책을 마음껏 보고 싶다! 시시껄렁한 드라마도 보고 싶고!"

그때 우리는 유적지에서, 정말 즐거웠다. 거의 행복했다고 해도 좋을 정도였다. 별 의미도 없는 얘기를 나누며 깔깔거리고 웃었고, 비바람에 썩어가는 흙색 건물을 말없이 바라보았고, 그 아래를 오가는 개미처럼 조그만 사람들을 내려다보며 바람과 햇살에 우리를 드러내놓고 있었다. 하늘은 영원히 해가 지지 않지 않을까 싶을 정도로 파랬다. 이따금 그 하늘을 선회하는 콘도르가 보였다.

그때 그녀의 배 속에 있었던 또 하나의 생명, 함께 그때를 나누었던 아이가 나와 얼굴을 마주보는 일 없이, 혼자서 그 어두운 길을 내려갔다. 언젠가 나도 그녀도 그녀의 남편도, 그 애인도, 지금 눈앞에 있는 남자 친구도, 샌드위치를 만들어준 젊은이들도, 길 가는 사람들도, 모두모두 혼자서 그곳으로 가게 될 테지.

그리고 그렇게 되어도, 울창한 초록에 뒤덮여 있던 유적에서 그 해시계는 재깍재깍 쉬지 않고 움직이리라.

그것은 눈앞이 핑 돌 정도로 쓸쓸하지만 한편으로는 평
온한 광경이었다. 그리고 오늘도 살아서 먹고 배설하는
삶을 위해 나는 샌드위치를 한 입 크게 베어 물었다.

창밖

“다래끼가 생겼나, 눈 안이 까끌까끌하다.”

신지가 말했다.

“오늘 너무 건조해서, 길에 먼지가 많았으니까.”

그가 갑작스럽게 말을 걸어, 나는 침대에 누워 금방이라도 잠에 빠질 듯 꾸뻑거리다가 열심히 대답했다. 돌아보니, 그는 창가 의자에 앉아 눈을 비비고 있었다. 스탠드 불빛에 드러난 그의 얼굴은 몹시 피곤해 보였지만 하루의 일정을 끝낸 여유롭고 충만한 표정이었다. 부드러운 오렌지색 불빛에 싸여, 마치 난로 앞에 앉아 불을 바라보는 어린애처럼 행복해 보였다. 방 안에는 아주 차분하게 가라앉은 공기가 흐르고 있었다. 샤워를 하여 긴 여행의 피로와 먼지를 싹 씻어내고, 옷 입기가 귀찮아 목욕 가운만 걸친 채 늦은 저녁이 될 때까지 편안하게 쉬고 있다.

"다래끼용 안약이 있을지도 모르는데, 나중에 찾아볼게. 어쩌면 안 가져왔을 수도 있고."

"그런 약이 있는 줄은 몰랐네. 찾아봐서 있으면 다행이고."

나는 뒹굴 몸을 돌려 천장을 쳐다보면서, 그러고 보니 이 인생에서 그가 눈에 안약을 넣는 모습은 본 적이 없네, 하고 생각했다. 물론 평소에 어떤 안약을 사용하는지도 모른다. 천장에서 그의 엷은 그림자가 너울거렸다.

혼자가 아닌 여행의 가장 좋은 점은 이렇게 고독을 까맣게 잊을 수 있다는 것이다. 책임질 것은 자신의 목숨뿐, 늘 지니고 있는 것을 하나도 갖고 있지 않은데 혼자가 아니다. 이렇다 할 것 없는 가장 평범한 시간을 이렇게 공유할 수 있다. 그 기쁨과 안심이 배 속 깊은 곳에서 찡하게 밀고 올라온다. 안전한 나라에 있는 것도 아닌데, 족히 안심하고 있다. 깨끗한 시트, 어슴푸레한 조명, 큼지막한 창문, 낯선 천장, 텔레비전에서 나지막하게 흘러나오는 스페인어의 울림. 햇볕에 그은 피부가 화끈거린다. 잠의 물결이 천천히 나의 의식으로 밀려온다. 행복한 때에는 좀처럼 행복을 느끼지 못하는 법인데, 그 순간 나는 행복하다고 느꼈다. 육체와 정신과 시각과 상황이 모두 조화롭게 어울려 있을 때, 사람은 그렇게 느끼는 것이리라.

그에게는 아직 보지 못한 광경이 얼마나 있을까? 그에 대해서는 거의 아는 것이 없다. 나이가 나보다 다섯 살 위라는 것, 바로 얼마 전에 유럽에서 아주 돌아왔다는 것은 알고 있다. 스페인인 친구와 함께 차린 일본인을 주 대상으로 하는 여행사가, 유럽 특히 스페인을 취급하는 여행사치고 규모는 작아도 그럭저럭 잘 돌아가 꽤 경륜 있는 회사가 되었다는 것, 그 이상 사업을 확장하기보다는 발판을 다져 안정된 운영을 하기 위해 일본에 지사를 내려고 얼마 전에 돌아왔다는 것도 알고 있다. 그리고 석 달 전에 멕시코를 여행하고, 사실은 이곳 이과수 폭포까지 오려고 했는데 도중에 위통 때문에 포기하고 로스앤젤레스로 돌아갔다는 것도 알고 있다. 그는 어렸을 때 텔레비전에서 거대한 이과수 폭포를 보고는 남미에 가게 되면 반드시 가보리라 다짐했노라고 말했다. 그리고 잠시 틈이 생겨 재도전을 하면서 내게 같이 가자고 한 것이었다. 부에노스아이레스에서 이과수 폭포로 북상하는 여행.

　나는 그저 그가 스페인 말을 할 줄 아니까 여행하기가 편하겠네…… 하는 정도의 기분으로 떠났는데, 생각보다 훨씬 멋진 여행이었다. 뜨거운 햇살과 소름이 쫙 끼칠 정도로 파란 하늘 아래 있다 보면 몸의 구성이 바뀐 듯한 기분이 들었다. 덥느니 춥느니, 내일은 어떻게 될 것인지, 그런 생각을 별로 안 하게 되었다. 여행 내내 다만 눈앞에 있는 일을 할 뿐, 불필요한 생각은 하지 않는 분위기가 넘쳤다. 신지는 최고의 여행 친구였다. 조금도 신경을 쓰지 않게 하는 데는 천재적이었다. 그는 내 사소한 동요나 불쾌함을 보고도 적절히 못 본 척 해주었다. 여행에 익숙한 그와 함께 움직이면서 나는 자신의 일은 스스로 해야 한다는 것을 배웠다. 그는 자그마한 일이라도 남에게 의지하다 보면 서로에게 점차 스트레스가 쌓인다는 것을, 그 자신의 일은 스스로 하면서도 타인은 절대 알아차리지 못하고 부담도 느끼지 못하는 방식으로 가르쳐주었다. 흥분해서 도를 지나

치든 지갑을 잃어버리든 그는 늘 침착해서, 그 빠른 전환은 황홀할 정도였다.

어두워서 아무것도 보이지 않지만, 창밖에는 거대한 폭포가 있을 것이다.

아까 창문을 열었더니, 알고 있어서 들리는 거겠지 싶을 정도로 멀리서, 콰르르르 하는 폭포 소리가 들렸다. 이곳은 아르헨티나 쪽에 있는 고급 호텔로, 방에서 폭포가 보인다고 하는데 밤에 도착한 탓에 아무리 유리창에 얼굴을 바짝 대고 보아도 내 모습만 보일 뿐이었다. 그래서 창문을 열었더니 날벌레들이 잔뜩 날아 들어왔지만, 아랑곳 않고 한참이나 폭포 소리에 귀를 기울였다. 창밖에는 지금까지 본 적 없을 정도로 짙은 어둠이 묵직하게 깔려 있었다. 그리고 희미하게 물 냄새가 났다. 창문을 닫아도 방에 그 여운이 남았다.

"믿기지 않을 정도로 캄캄한 밤이다."

신지가 말했다.

"일본에서는 아무리 깊은 산속이라도 이렇게 무겁지 않지. 마치 꿈틀거리는 것 같아."

"짓뭉개질 것 같아."

"나팔꽃 씨를 싹이 트기 쉽게 살짝 쪼개서 물에 담가

두면, 다음 날 아침에 벌써 싹이 돋아 있는 일이 있는
데, 그걸 보면서 생명은 고귀하다느니 아름답다느니 하
는 생각보다 왠지 징글맞단 생각이 들잖아. 뻔뻔스럽고
노골적이고 질기다고 말이야. 하지만 결국은 감동하지.
그 기분하고 비슷한 느낌이야, 이곳의 자연은. 그 힘이
너무 막강해서, 만약 내가 약한 시기였다면 그 지나친
강렬함에 명치가 쓰리고 아팠을 거야.”

“이런 자연 속에서는 인간 따윈 밋밋한 알몸으로 겁
에 질려 있는 힘없는 존재란 생각이 절로 들지. 표범이
나 원숭이, 이름 모를 식물들과 이상한 벌레들이 오히
려 생기발랄하게 보이고 말이야. 전혀 상대가 안 되는
것 같아.”

“일본의 자연과는 전혀 달라.”

“일본의 자연은 선이 훨씬 가늘지. 여기서 오래 살
면, 우리 역시 혼도 겉모습도 사고방식도 전부 변해서,
그렇게 될 거야.”

그런 얘기가, 끊길 듯 끊길 듯 이어졌다.

그 후, 서로를 아는 사람들의 소문과 요즘 화젯거리
로 얘기가 흘러도 목소리의 톤은 바뀌지 않고, 시간은
소리 없이 흘렀다. 침묵하다가 또 불쑥 얘기하고, 시간

을 죽이고 있을 때의 인간은 아주 자연스럽다.

나는 얘기하면서 남미의 문학을 생각했다. 일본의 부드럽고 섬세한 사계절 속에서 읽은 남미의 문학에는 다소 이해할 수 없는 부분이 있었다. 문장은 물론 그 전체의 분위기에 당돌하고 야만적인 생명력이 스며 있고, 아름다움과 생명에 관해서는 살인적인 힘마저 인정하고 있는 듯 보였다. 광기에 가까운 정신의 고양과 동시에 일상에 굳건하게 발 디딘 생활이 이루어지는 세계관이 있었다. 이곳에 오니 그 감각이 강렬하게 되살아나, 조금은 이해할 수 있을 듯한 기분도 들었다. 무엇이든 인간의 이성으로 저울질하지 않는 그 힘을 남자든 여자든 대지에서 한껏 빨아들여, 치열한 생명의 꽃을 피우고 있다. 이 무수한 기척을 뒤죽박죽 품은 짙은 어둠, 정글에서 날아오는 숨이 탁 막힐 듯 비릿한 공기, 아마도 존재하리라, 눈에는 보이지 않아도, 무시무시한 색채의 정령들이.

나는 그런 것들을 그저 가까이에서 느끼고 있었다. 냉방이 잘 되어 시원한 방의 유리창을 뚫고 지금이라도 안으로 쑥 밀려올 듯한 캄캄한 밤을.

호텔의 다이닝 룸은 정말 멋있었었지만, 그보다 정말 어두웠다.

뷔페 테이블에는 전채와 디저트가 보기 좋게 담겨 있었다. 그것들을 적당히 접시에 덜어, 의자에 앉아 조금씩 먹으면서 아르헨티나 산 와인을 마시고 있는데 빳빳한 유니폼을 입은 웨이터가 메인 오더를 받으러 왔다. 내가 치마를 입은 것도 그가 셔츠를 입은 것도 참 오랜만이었다. 여행의 마지막을 이렇게 비싸고 좋은 호텔에서 장식하자고 기대하면서 미리 예약해 놓은 보람이 있었다. 그런 얘기를 나누는 우리는 마치 노부부 같았고, 실제로 기대에 어긋나지 않는 좋은 호텔이었다. 자연과 설비와 풍경과 이 묘한 고요함과 어둠이 한데 어우러져 무척이나 낭만적인 독특한 분위기를 자아내고 있었다. 우리는 말없이 식사를 했다. 피곤하고, 술기운이 돌아, 말할 기분도 나지 않았다. 하지만 서로에게 불쾌한 침묵이 아니라는 것은 알고 있었다. 마치 꿈속처럼 어슴푸레해서 뷔페 테이블 주위를 걸어 다니는 사람들의 그림자가 유령처럼 엷어 보였다. 요즘 한동안 남미의 강렬한 빛과 어둠의 대조만 본 탓에, 이렇게 엷은 세계에 있으니 육체가 사라져버릴 것만 같았다. 눈이 어둠에

익숙해지자 음식의 색깔이 점차 선명하고 아주 아름답
게 보였다. 짙은 오렌지색 과일에 어린 그림자도.

　한껏 배도 부르고 한껏 취하기도 한 우리가 레스토랑
밖에 있는 정원으로 별을 보러 나가자, 잔디가 밤이슬
에 젖어 반짝반짝 빛나고 있었다. 몇몇 사람들이 하늘
을 올려다보고 있었다. 미국인 노인들뿐이었다. 이렇게
비싼 곳에 묵을 만한 나이가 따로 있다는 뜻이리라. 우
리는 마치 그들의 딸과 아들처럼 그 장소에서 두드러졌
다. 그래도 "남십자성이 어느 별이죠?" 하고 물었더니,
아주 친절하게 가르쳐주었다. 생각했던 것보다 훨씬 작
은 십자를 찾아 저거다 이거다 아웅거렸더니, 여행의
기쁨에 마음이 벅차올랐다. 오래전부터 이 사람과 이곳
에 있는 듯한 느낌이 들었다.
　국립공원 안이니까 이 주변의 어둠 속에는 뱀도 있을
테고 퓨마도 있으리라. 그런 생각을 하자 등골이 서늘
해졌지만, 무슨 일이 생기든 어쩔 수 없는 일이라고 체
념할 수 있을 것 같았다. 그것이 이 여행에서 배운 불
가사의한 수동적 자세였다. 엄격한 자연과 정치적인 역
학 관계에서 초래된 피비린내 나는 비극으로 점철된 땅

에서는, 짙푸른 하늘에 콘도르가 날고 생명의 지독한 냄새가 충만한 이 공간에서는, 흐름에 자신을 맡기든지 모든 것을 떨쳐버리고 강렬한 하나의 힘을 가지려 애쓰든지 둘 중의 하나밖에 없으리라. 그런 생각을 하자, 지금까지 멀게만 느껴졌던 남미의 문화가 나 자신의 혼에 바짝 다가온 듯한 기분이 들었다.

다음 날 아침, 눈을 떴는데 빛을 가로막은 두툼한 커튼 사이로 사람의 그림자가 보여 소스라치게 놀랐다. 아아, 그렇지, 저 사람하고 같이 여행을 왔었지, 하고 잠이 덜 깬 머리로 생각했다. 그와 공유한 몇 안 되는 내 기억 속에서, 아침 일찍 일어난 그는 늘 저런 자세로 창밖을 보고 있었던 것 같다. 그리고 나는 이 광경에 약하다. 그를 좋아하게 된 것도, 저런 포즈를 곧잘 취하는 사람이란 사실과 무관하지 않다. 등을 구부리고, 무릎을 껴안고, 유리창에 얼굴을 들이밀듯 앉아 있는 저 자세. 지금 그 앞에는 꿈에서도 본 거대한 폭포의 일부에서 물방울이 튀는 광경이 멀리, 그러나 또렷하게 보이리라.
　나는 일어나 창밖을 내다보기 전에 상상했다. 어제는

캄캄해서 보이지 않았던 창밖의 웅장한 녹음과 물. 하지만 지금, 그의 머릿속에서 일어나고 있는 일이 보다 마음에 걸렸다. 어떤 기분일까? 뒷모습만 보고는 알 수 없었다. 그는 가슴이 설레고 있을까, 아니면 그저 멍하게 앉아만 있을 뿐일까.

전에 다녔던 출판사에서 스페인 가이드북을 만들면서, 그때 우연히 일본에 있었던 신지를 취재한 것이 우리가 알게 된 계기였다. 그 당시 나는 별거 상태였지만 결혼한 여자였고, 신지도 스페인에서 회사의 부하였던 일본 여자와 결혼한 남자였다. 하지만 그런 것은 아무런 장애가 되지 않았다.

우리 둘은 자연스럽게 만났고, 그것은 아주 차분한 만남이었다.

둘 다 머리가 나쁜 게 아닐까 싶을 정도로 타오르지도 않고, 아무런 소란도 일지 않았다. 첫 만남도 중학생처럼 서툴렀다. 비가 쏟아지는 밤, 비를 좀 피해 가자는 전화가 왔고, 나는 올 거면 자고 가라고 대답했다. 그리고 그 밤, 아무 일도 없이 잠들었다. 깊은 밤 텔레비전을 보고, 볶음 국수를 만들어 먹고, 어느 틈에 둘 다 곤하게 잠이 들고 말았다. 그 다음 날 여전히 비 내리는 어두운 아침에도 그는 그 자세로 창밖을 보고 있었다.

"비 내리는 일요일, 영 밖에 나가고 싶지 않네. 좀 더 있어도 될까?"

그가 말했다. 약지에 낀 반지가 이렇게 마음에 걸리다니, 나 자신도 놀라웠다. 그리고 나중에 알고 보니, 나는 늘 그를 가만히 쳐다보고 있었다. 주위사람들이 쑥떡거리는 불륜 얘기를 듣고는, 나는 다르다고 내내 생각해 왔다. 나는 냉정할 수 있고, 내 생활은 단순하고, 남편과도 가끔은 만나고, 언젠가 어쩌다 아이가 생기면 다시 살면 되지…… 하고 안이하게 생각하고 있었던 내 인생에, 위가 싸르르 아픈 아침이 불현듯 찾아왔다. 비는 회색 막이 살랑살랑 흔들리듯 바람에 날려 도시 전체로 흘러갈 뿐이었다. 나뭇가지가 횡횡 흔들리며 온 세계가 멈춰 있는 듯한 화면을 채색하고 있었디. 빙은 부옇게 밝고, 그의 등뼈 모양이 활처럼 예쁘게 보였다.

나는 그와 나란히 앉아 창밖을 바라보았다. 창밖에는 생각했던 것만큼 대단한 것은 없었고, 그저 비가 참 예쁘게 내리네, 하고 생각했다.

그리고 그 순간 갑자기 어린 날의 추억이 가슴으로 밀려오면서 마치 어린 소녀의 감수성이 돌아온 것처럼 감정의 물결에 휩싸여, 나는 그만 눈물을 머금고 말았다. 왜 잊고 있었을까, 왜 소중한 것들은 다들 잊혀지고 사라지는 것일까. 그러고 보니 오래전에도 이런 일이 있었는데, 하고 나는 아연했다.


나의 인생은 무척이나 평온했고 신기한 일 한 번 일어나지 않았지만, 어린 시절에 딱 한 번 아주 기묘한 일이 있었다.

내가 일곱 살 때였다. 할머니가 위독하셔서, 사촌끼리 결혼한 엄마와 아빠는 외동인 나를 재워놓고 병원에서 밤을 지새웠다.

나는 꽤 다부진 어린애여서, 혼자서 집을 지키게 되어도 조금도 싫지 않았다. 그날 밤, 다녀오세요, 라며 엄마 아빠를 배웅했던 기억이 난다. 나는 늘 할머니가 사준 털이 복슬복슬한 곰 인형과 함께 잤었고, 그날 밤도 마찬가지였다. 할머니에게 좋지 않은 일이 있다는 것은 알고 있었지만, 죽음의 의미를 알고 있었다고는 할 수 없다. 다만, 할머니와 다시 만날 수 있기를 아주 피상적으로, 천진한 마음으로 기도하며 잠들었다.

집 안에 아무도 없으면, 마치 냉장고 안에서 차가워지는 과일이 된 기분이었다. 소리도 없이, 아무도 모르게 조용히 시간이 흘러 싸늘하게 식어간다……. 얕은 잠에 들었다가 퍼뜩 눈이 떠졌다. 새벽이었다. 하늘을 나는 새소리가 높고 맑게 울려 퍼졌다. 나는 무의식적으로 옆에서 자고 있을 곰 인형에게 손을 뻗었다. 그러다 영 손에 만져지지 않아 그때야 옆을 돌아보고는 놀라서 벌떡 일어났다. 곰 인형이 없었던 것이다.

나는 잠이 덜 깬 채 일어나 이부자리에 앉아 방 안을 돌아보았다. 그러자 어찌된 일인지 곰 인형이 내게 등을 보이고 창밖을 보는 자세로, 베란다 쪽 커다란 창문에 얼굴을 댄 채 앉아 있었다. 아무도 없는데 어떻게? 누가 그랬지? 나는 소름이 끼쳤다. 하지만 무서워하면 더욱 무서워질 것 같아, 창가로 가서 곰과 나란히 앉아 창밖을 바라보았다. 멋진 새벽이었다. 옅은 파란색과 분홍색이 구름에 반사되어 이 세상이 아름다운 어떤 축복의 주문에 감싸여 있고, 나쁜 일 따위는 하나도 없을 것처럼 느껴졌다. 하느님이 알록달록하고 투명한 빗자

루로 지난밤 사이에 낀 더러움을 싹싹 쓸어낸 다음처럼 여겨졌다.

나는 곰 인형이 창밖을 보고 싶어 하면 그냥 보게 내 버려두지 뭐, 하는 마음으로 잠시 망설이다가, 창밖을 바라보는 뒷모습이 왠지 쓸쓸하고 애절하게 보여, 안아 들고서는 다시 잠자리에 들었다.

할머니는 그날 밤중에 돌아가셨다.

지금도, 그게 뭐였는지 알 수 없다.

어린 내가 불안한 나머지 일시적인 몽유 증상을 보였다는 해석이 가장 타당할 것 같고, 나 자신도 그렇게 설명하고 수긍하고 있다. 하지만 나는 왠지 그 곰 인형을 버릴 수가 없어 지금도 내 방에 놓아두었는데, 왜 버리지 못했는지는 까맣게 잊고 말았다.

그날 아침, 곰 인형 앞에 오렌지색 예쁜 구름이 길게 뻗어 있었다. 숨이 막힐 정도로 아름다운 새벽이었다. 아직 배기가스로 더럽혀지지 않은 공기는 투명해서, 보고만 있어도 불어오는 바람의 싸늘한 감촉까지 전해질 것 같았다. 그런데도 나는 몹시 쓸쓸했다. 할머니의 죽음이 두려웠는지도 모르고, 아무 기척도 느껴지지 않는 집 안의 고요함 탓이었는지도 모르겠다. 나는 곰 인형을 꼭 껴안고 잤다.

살다가 느끼는 쓸쓸함이란 그 곰 인형의 뒷모습 같은 것이어서 남이 보면 가슴이 메는 듯해도, 곰 인형은 설레는 기분으로 창밖의 아름다운 경치를 바라보았을 뿐인지도 모른다. 어쩌면 그 아름다움에 환희를 느꼈을지도 모르고. 아마도 그날 아침 가장 외로웠던 것은 곰 인형에 얼굴을 묻고 잠들었던 내 마음이리라. 부모의 부모가 죽고, 언젠가는 부모도 죽고 자신도 죽는 그런 인생의 진실이, 영원히 지속되는 어린애만의 꿈의 세계에 살며시 그 살을 맞대어 왔고, 그 기척에 한없는 무엇을 느꼈던 것이리라.

아침도 먹는 둥 마는 둥 우리는 폭포를 보러 나섰다. 그는 종일 다양한 각도에서 폭포를 보겠노라고 의욕에 넘쳐 있었다. 하지만 폭포는 가도 가도 콸콸콸콸 하는 굉음에 싸여 있을 뿐, 엄청나게 커서 시야에 다 들어오지도 않았다. 평소 도쿄에서 작은 것에만 익숙해 있는 내 눈은 폭포의 거대함을 감지할 능력조차 없는 듯했다. 너무도 거대해서, 축척이니 거리감이 느껴지지 않아 꿈속에 있는 기분이었다.

공원 안을 걷다 보면 폭포의 조각 같은 조그만 폭포가 심심치 않게 나타났다. 그래도 내가 보기에는 커다란 폭포이고, 수량도 엄청나서 양동이로 들이붓는 것처럼 물이 꽐꽐 쏟아졌다. 다리에 서면 튀는 물방울에 몸이 푹 젖었다. 물색은 어째서인가 갈색이었는데, 그 탁한 물이 격류를 이루어 물보라가 일고, 새파란 하늘을 배경으로 미친 듯 흐르면 그곳에 조그만 무지개가 생겼다.

멀리 보이는 거대한 폭포에는 무지개가 여기저기 서 있어 마치 고운 나비가 폭포 주위를 날고 있는 것처럼 보였다. 용소는 바다만큼이나 넓고, 폭포의 물줄기는 몇 겹으로 지은 하얀 실타래 같았다. 사람들은 '오늘은 물이 맑지 않아서 유감'이라고 말했지만, 나는 오히려 그 맑은 하늘색과 갈색 탁류의 대조가 유쾌해서 보고 또 봐도 감동적이었다. 그 탁한 갈색은 이 폭포의 강인함을 눈에 새기기에 아주 잘 어울리는 색이었다.

지난주, 아직 부에노스아이레스에 있을 때 바에서 "지난주에 폭포에 다녀왔다!"라고 말하는 네덜란드 사람 셋을 만났다. 언뜻 보기에도 게이가 확실한 젊은 남자 둘과 휠체어를 탄 할머니였다. 세 사람은 맥주를 몇 잔이나 마시면서 명랑하고 발랄하게 깔깔거리고 웃었다. 그리고 그들은 할머니가 화장실에 가고 싶다고 하면 아주 섬세하고 민첩하게 움직였다. 멤버의 구성이 묘해서 관계는 묻지 않았다. 신지가 조그만 소리로 "네덜란드에서는 장애인과 여행을 하면 나라에서 돈을 주든가 아마 그럴걸."이라고 말했다. 그러나 너무도 즐거워 보이는 모습에 내 머릿속에는 기브 앤 테이크란 말밖에 떠오르지 않았다. 그들에겐 그런 절도 있는 냉정함이 있었다. 일본 사람 같으면 서로 고맙다고 말하면서 신경을 쓰다가 모든 것을 망쳐버릴 수도 있는 관계성이었는데, 그들을 본받아야 할 것 같다는 생각마저 들었다. 그 속내를 잘 알 수 없는 어른의 균형 감각이 느껴져 신나게 함께 얘기하고 지켜보았다. 그리고 그들이 하도 "당신들 그 가죽 구두는 안 돼, 푹 젖어서 흙투성이가 될걸!"이라고 하기에, 우리는 다음 날 시내로 신발을 사러 나갔다.

메인 스트리트는 사람들로 북적거렸다. 젊은이도 노인도 외국인도 현지인도 소매치기도 스님도 갓난아기도 커플도 뒤죽박죽 섞여 있는데 모두 예쁜 색의 옷을 입고 있었다. 나는 저녁나절에 그저 어슬렁거리고 싶어 거리로 나온 사람들과 그 표정을 오랜만에 본 기분이 들었다. 도쿄에서는 다들 목적이 있어 움직이고, 그렇지 않은 사람들은 쉬기 마련이다. 그냥 한가하니까 바깥 구경이나 하자 싶어 나온 사람들의 표정에는 사람을 푸근하게 만드는 독특한 분위기가 있다. 시간이 고무줄처럼 느긋하게 직 늘어난 느낌이다.

파리의 해거름, 카페에서 누군가를 기다리는 사람들의 표정과도 비슷하다. 희미한 햇살이 비치고, 오늘의 첫 알코올을 주문하고, 하루의 피로가 서쪽으로 기우는 반짝임 속에 녹아드는 느낌이다.

그 불가사의한 활기에 우리의 마음도 덩달아 들떴다. 술 한잔을 마실 수 있어서가 아니라, 하루의 일과가 끝나서가 아니라, 디너가 기대돼서가 아니라, 그냥 이 활기 속에 몸담는 것이 즐거울 뿐이라고 햇볕에 그은 얼굴이 말하고 있었다.

우리는 신발 도매점 같은 곳에 들어가, 최대한 싼 운동화를 찾았다. 나는 파란 운동화를, 신지는 빨간 것을 사고 싶어 했다. 볼품없고 어울리지도 않는 헐렁한 유니폼을 입은 십 대의 핸섬한 점원이 이리저리 돌아다니면서 맞는 사이즈를 찾아 주었다. 운동화를 신으려고 앉아서 보았더니, 얼굴 절반을 빙 도는 커다란 흉터가 있었다.

"교통사고?"라고 신지가 묻자, 맞아요, 오토바이 사고, 살아 있길 천만다행이죠, 라고 대답하고는 싱글싱글 웃어 커다란 눈이 작아졌다. 그러고는 아무 일 아니라는 듯 또 신발을 찾으러 뛰어갔다. 미안하지만, 빨간 것은 진열된 것밖에 없는데, 파란 걸 세트로 신으면 안 되나요? 하며 그는 또 싱글거렸다. 그러지 뭐, 하고 둘이서 같은 운동화를 샀다. 그날부터 계속 같은 운동화를 신었다. 서로에 대해서 잘 모르는 것 투성이인데, 신발만 똑같아 묘했다. 그러나 나는 그에 관해서는 첫사랑에 빠진 소녀처럼 이렇게 생각했다. 가령 창문에 비친 그의 가슴 언저리를 보면, 어? 저건 내 몸 아니야? 하고. 손도 아주 많이 닮았다. 뼈가 불거진 목덜미도 닮았다. 운동화를 신고 있는 발등의 모양도 비슷했나. 그리고 똑같은 운동화를 신을 때마다, 그 점원의 특수 분장 같은 흉터가 떠올랐다. 그는 좀처럼 그 사고를 후회하는 일 없이 살아갈 테지, 그런 느낌이 들었다. 언젠가 없어질 거야, 라고 생각하는지, 돈 모아서

수술해야지 혹은 흉터 좀 있으면 어때, 하고 생각하는
지는 알 수 없다. 하지만 고민하지는 않는 듯했다. 핸
섬한 얼굴로 싱글싱글거렸다. 세트로 신어요! 하면서.

폭포를 너무 오래 보아 눈이 이상해진 우리는 오후의
첫 헬리콥터를 타기로 했다. 점심을 먹고 호텔 정원에
서 어물쩍거리고 있는데, 짐을 쌀 때 흔히 쓰는 얇은
파란 끈이 쳐져 있는 장소가 있었다. 지나가던 청소하는
아저씨에게 "저건 뭐죠?"라고 신지가 물었다. "가슴 아
픈 일이 있었어!" 아저씨는 어두운 표정으로 대답했다.
"무슨 일이 있었는데요?"
"여기서 놀던 아기가 퓨마에게 잡혀 갔어, 대낮에 말
이야!"
아저씨는 그렇게 말하고 사라졌다.
"저 끈 안에 있으나 밖에 있으나 퓨마에게는 상관없
잖아."
"주의하라는 뜻 아니겠어?"
"주의해도, 아마 결과는 마찬가질걸."
"그렇겠지."
우리는 햇볕에 타 화끈거리는 얼굴을 끄덕였다.

하늘을 올려다보자, 콘도르가 커다란 날개를 펴고 새카만 그림자를 떨어뜨리면서 유유히 선회하고 있었다.

"돌아가면 같이 살까?"

불쑥 신지가 말했다.

"쓰고 있는 안약 이름도 모르는데?"

"뭐 어떻게든 되겠지. 그리고 그런 걸 알기 위해서 같이 사는 거 아닌가?"

"나, 아직 이혼 안 했어."

"해."

"할 거고 해도 상관없지만. 그런 당신은 뭐야."

"이혼했어."

"뭐?"

"그래서 일본으로 돌아온 거야. 같은 회사에 다니면서 결혼 생활 하기가 힘들어서. 그리고 그 사람, 애인이 스페인 사람인데 딸 데리고 벌써 재혼했어."

"그런 사정 물으면 안 될 것 같아서 내내 비치지두 않았는데."

"당신은 너무 안 물어서 탈이지."

"묻기가 무섭잖아."

"이번에 귀국해서는 반지도 끼고 있지 않았는데, 왜

눈치를 못 챈 거야."

"나하고 있을 때는 신경 써서 빼는 줄 알았지."

"아, 그래."

신지는 조금은 불쾌해진 듯 입을 다물었다.

나 역시 빠른 전개를 따라가지 못해, 입을 다물었다.

하지만 나중에 생각해 보니, 이 장면 제법 행복한 장면이었는지도 모르지 싶었다. 눈앞에 나란히 있는 발, 같은 운동화. 이 운동화가 닳고 닳아 끈이 끊어지고 버릴 때가 와도, 어쩌면 함께 있을지도 모르겠다.

같은 마음으로 창밖을 하염없이 바라보는 상대가 될지도 모르겠다.


이곳에서 둘이 탄 헬리콥터가 추락하면 한 편의 드라마겠군, 하고 생각하면서 앞 사람들을 태운 헬리콥터가 돌아오기를 기다렸다. 물건 파는 마카족 청년이 분홍과 초록, 파랑 등의 예쁜 색으로 짠 프라미스 링을 팔러 왔다. 헬리콥터가 추락하지 않도록 기도하면서 손목에 찼다. 나는 높은 곳을 무지 싫어한다. 하지만 폭포를 상공에서 보고 싶은 마음이 앞섰다. 헬리콥터나 세스나기에 익숙한 신지는 아주 차분하고 신나 보였다.

헬리콥터 소리가 들려오면서 귀를 막아야 할 정도가
되자 이는 바람에 머리칼이 말려 올라갔다. 드디어 올
라타는 내 머릿속에 떠오른 것은 이번 여행을 하면서
매일 차에서 본, 정글로 떨어지는 저녁 해였다. 몸도
얼굴도 햇볕에 타 뜨거운데 에어컨 덕분에 표면만 싸늘
하고, 운전사는 쉴 새 없이 마테 차를 마셔대고, 스페
인 말로 다른 자동차에 욕설을 퍼붓고, 신지는 잠에 빠
져 있고, 그리고 나는 으스스할 정도로 짙푸른 정글로
기우는 새빨간 저녁 해를 보고 있다. 믿기지 않을 정도
의 빨강과 분홍 빛깔, 구름에 반사되어 아찔한 광경을
펼치는 세계. 절대 지치는 일 없이, 세계는 매일 전개
된다. 이 광경을 몇 번밖에 볼 수 없는 내 생명의 허망
함을 저주했다. 그 정도로, 숨을 삼킬 만큼 아름다웠
다. 이 광경을 매일 볼 수 있다면 갑작스러운 죽음에
대한 공포도 조금은 희석될 것이라 여겨질 정도였다.
밤이 되면서 투명한 감색 하늘에 별이 불빛처럼 떠오르
기 시작할 때까지, 눈길을 뗄 수 없었다.
　내가 프로펠러의 요란한 소음에 정신을 팔고 있는 사
이에 헬리콥터는 슬며시 떠올랐다. 순식간에 지면이 멀
어지면서 헬리포트의 'H' 모양이 지면에 하얗게 새겨져

있는 것처럼 보였다. 마카족 청년의 화려한 옷차림도 꽃처럼 선명하고 조그맣게 멀어졌다.

나는 무서워서, 마치 뱀처럼 구불구불 신지의 손에 내 손을 휘감고 있었다.

폭포 역시 짙푸른 정글 속에 뒤엉켜 있는 뱀 같았다. 적토색과 회색 물이 뒤섞여 기발한 무늬처럼 보였다. 정글에서 기어 다니는 수많은 벌레처럼, 수많은 방향으로 뻗쳐 춤을 추듯 지면을 기다가 마침내 모든 물이 한 거대한 틈새로 쏟아져 내린다. 정말 에로틱한 광경이라고 나는 생각했다. 의미를 그대로 재현한 세계가 이 세상에 출현해 있었다. 음과 양, 남과 여, 뭐라 하든 상관없다, 상반되는 두 힘이 부딪치면서 지구를 만들어낸 그 경치의 박력에 나는 그저 압도되어 어질어질하면서도 눈길을 돌릴 수 없었다. 그때 신지의 팔은 뜨거웠고, 인간의 살갗의 징글징글한 부드러움과 뛰는 맥박이 전해지는 생생함이 요란한 헬리콥터 소리 속에서, 눈 아래 펼쳐지는 엄청난 광경에 빨려들어 사라져버릴 듯한 의식 속에서 유독 듬직하게 느껴졌다.

사람들 사이에서는 '겐토사(幻冬舍)의 이시하라 씨가 기타를 사러 가는 데 그냥 같이 간 거 아니냐.'고 말이 많았던 아르헨티나 여행이었지만, 정말 좋은 책이 되었습니다. 세 번이나 여행을 하고서야 겨우 소설의 요령을 파악했습니다. 이번에는 제법 잘 쓴 것 같습니다. 아무쪼록 내던지지 마시고, 앞으로도 이 시리즈를 읽어 주세요. 부탁드립니다.

보고 생각한 것은 거의 소설에 담았다고 생각하는데, 앞으로 아르헨티나를 여행할 분들을 위해 후기를 덧붙입니다.

재팬 투어 시스템의 여러분, 특히 담당자인 가지하라 씨와 그의 부모님, 당시 아르헨티나에 사셨던 그분들의 친구들, 귀중한 얘기 고마웠습니다. 고도 성장기의 아버님들이 얼마나 멋쟁이였는지 알게 되었습니다.

가이드를 맡아주신 여러분께도 감사드립니다.

같이 여행한 여러분, 감사합니다! 여자가 혼자라서 모두 친절하게 대해 주었습니다. 엄청난 미인의 인생을 잠시 엿본 듯한 기분이. 아아! 여자가 없는 곳에 가면 되겠군요.

차들이 오가는 도로 한가운데서 사진을 찍었던 야마구치 마사히로 씨, 소설 이상으로 아르헨티나의 투명한, 그러나 묵직한 공기를 멋지게 그려내 준 하라 마스미 씨에게도 정말 감사드립니다. 혼자서는 할 수 없는 책 만드는 작업이 점차 경지에 오르는 느낌입니다. 일정표를 작성한 스즈키 씨, 수고 많았습니다. 이 책을 읽는 이가, 아르헨티나를 전혀 모르는 상태에서 여행한 나처럼 아르헨티나를 즐길 수 있었으면 좋겠습니디. 그리고 여행을 하면서 어쩌다 같은 장소에 들렀을 때, '아, 그 얘기에 나오는 주인공이 이쯤에 있었으려나.' 하고 생각할 수 있다면 좋겠습니다.

독자 여러분 감사합니다. 여행에는 조예가 없어 모든 것을 주위 사람들에게 맡겼지만, 소설만큼은, 하는 희망으로 앞으로도 써나가겠습니다.

「전화」에 등장하는 플로리다 거리의 호텔은 정말 묵고 싶었던 알베아르 팰리스 호텔(Alvear Palace Hotel)입니다. 레클레타 지구의 묘지에서 죽 걸어갔는데, 기분이 절로 들뜨는 활기차고 신나는 산책길이었습니다. 실제로 묵은 곳은 인터컨티넨탈 호텔(Inter Continental Hotel)이었고 테이크 댓(TAKE THAT)의 멤버였다가 솔로가 된 가수가 같은 호텔에 묵고 있었습니다. 그러니까 귀여운 아가씨들이 호텔을 빙 두르고 있었던 것은 사실이지요. 하라 씨, 그 대스타가 엘리베이터 앞에서 "올라갑니까?" 하고 묻는데, "먼저 타시죠."라며 싱글벙글거리는 장면, 저 봤어요. 음악 세계의 교류……

부에노스아이레스에서 인상적이었던 음료는 서브마리노. 뜨거운 우유에 곁들여 나오는 좀 독특한 초콜릿을 녹여 마시는, 핫 초콜릿 같은 것인데 묘한 맛이 납니다. 지금도 가끔 마시고 싶어져요. 그리고 엇비슷한 '신도르(SINDOR)'(병에 들어 있습니다.)란 음료를 파는데, 그것도 꽤 맛있었습니다.

루한의 마리아 상은 조그마하지만 소박하면서도 운치가 있고 정말 멋있었습니다.

그리고 코론 극장을 견학할 때는 관광객들 사이에 소매치기가 끼어들어 와 간이 콩알만 해졌습니다. 공화국 거리의 오벨리스크는 옛날에는 올라갈 수 있었다고 하는데, 사십 년 전에 실연을 하고 투신자살한(굉장한 사람이죠.) 사람이 있어 봉쇄되었다고 합니다. 그래서 야마구치 씨 일부러 그런 앵글을 잡기 위해 길 한가운데서 사진을!

「마지막 날」에 나오는 티그레 강 투어 때는 집도 너무 많고 빈부의 격차도 너무 심해서 흥미로웠습니다.

「조그만 어둠」에도 기타를 사는 얘기가 나오고 일정표에도 악기점이 포함돼 있는데, 겐토사의 이시하라 씨가 도쿄를 방문한 아르헨티나 기타리스트를 직접 만나 소개받은 곳인 만큼 정말 대단한 악기점이었습니다. 자카란다 나무로 제작한 기타는 하나같이 예술품 같아 보고만 있어도 행복하고, 그 악기를 연주할 수 있는 사람이 부러웠습니다. 물론 그는 기타를 구입. 우리는 그 기타와 여행을 함께 했습니다.

　레클레타 지구의 묘지는 ‘여기에 묻힐 수 있다면 죽
어도 좋겠다’ 싶을 정도로 조용하고 아름다운 공간이었
습니다.

　「플라타너스」가 많은 도시 멘도사. 꽤 좋았습니다.
살고 싶을 정도로. 그리고 조금 발길을 뻗으면 아콩카
과 산(일정표에는 산 이름만 실려 있는데, 도저히 오를 수
있는 산이 아닙니다. 시내에서 버스로 두 시간 정도 가야
겨우 볼 수 있는 정도, 하지만 가야겠죠!)도 볼 수 있고,
가는 길에는 원주민의 유적과 다리 유적, 온천 유적과
스키장이 있어, 지금까지 살면서 보지 못한 어마어마한
풍경을 많이 보았습니다.

　묵은 호텔은 아주아주 낡고 어설픈 곳이었지만 그래
도 좋았습니다.

　공원 바로 앞에 있는데, 찬바람이 횡횡 불고 플라타
너스 마른 잎이 날려 다녔습니다. 창문이 덜컹거리는
소리와 조그만 침대와 분위기가 이 도시와 너무도 잘
어울렸습니다. 그리고 별 다른 것 없는 찻집인데 ‘클래
스(CLASS : 보행자 거리인 사라미엔토(SARAMIENTO)와 산
마르틴(SAN MARTIN) 대로가 만나는 곳에 있습니다.)’란
찻집이 마음에 쏙 들어, 혼자서도 드나들었습니다. 장

소, 메뉴의 느낌, 적당함, 오래 있을 수 있는 편안함, 손님들이 북적거리는 정도, 어느 하나를 들어도 만족스러워, 내가 이상적으로 여기는 찻집일지도 모르겠다는 생각이 들 정도였습니다. 지금도 가을이 되면 가고 싶어집니다. 그 찻집에서도 서브마리노를 마셨죠. 그리고 '트레비(TREVI)'는 이탈리아 음식점인데 꽤 유명한 듯합니다. 호텔 1층에 있고, 전면이 유리, 웨이터는 모두 아저씨. 음 과연 어떨까 싶었는데, 음식도 포도주도 맛있었고, 특히 수제 티라미수는 통역이었던 알렉산드로 군——이탈리아 사람에 단 것을 엄청 좋아하는 그가 "으음, 맛있다! 평생 못 잊을 맛!"이라고 감탄했을 만큼 맛있었습니다.

마지막으로 「창밖」에 나오는 구두 가게는 실은 이 도시에 있는 구두 가게입니다. 정말 흉터가 장난이 아닌 점원이 발랄한 모습으로 일하고 있었습니다. 이곳에서 스즈키 군과 세트로 운동화를 샀는데, 소설처럼 달콤한 사연은 없었습니다. 그리고 맥주 집, 실제로 있고, 소설에서 나오는 것처럼 묘한 네덜란드 사람들도 있었는데, 이 도시의 조용함에 다 잘 어울렸습니다.

또 이 주변에는 보데가(와이너리)가 많은데, 우리가

견학한 곳의 포도주는 어쩌다 맛이 없었지만, 이 나라의 포도주는 역시 맛있었습니다. 보존 방법에 문제가 있는지 아니면 기후 탓인지 오래 묵은 것은 오히려 맛이 없고, 신선한 포도주가 싸서 부담없이 마실 수 있는데 비하면 맛이 좋아 거의 불발이 없었습니다.

「하치 하니」란 말은 우리 어머니가 만든 조어입니다. 지금도 감기에 걸리면 몹시 마시고 싶어집니다. 검은 옷차림의 어머니들(거의 할머니에 가깝죠.)이 행진하는 모습에는 가슴이 메었습니다. 옛날에 '나이트 오브 더 펜슬스'(Night of the Pencils)란 다큐멘터리 비슷한 비참한 영화를 본 적이 있어, 군사 정권 당시에 잡혀간 아이들이 얼마나 끔찍한 고문을 당하고 어떻게 죽어갔는지를 알고 있었던 터라, 그 어머니들이 지금도 슬퍼하며 행진을 계속하는 동시에, 본의 아니게 아이 없이 살아가면서도 서로 세상 돌아가는 이야기를 나누는 모습이 고통스럽게 느껴졌습니다. 그리고 약삭빠른 부에노스아이레스의 소매치기들은 행진을 지켜보는 관광객들을 노리고 대거 집합했습니다.

「해시계」에 나오는 가게는 도쿄의 미슈쿠에 있는 어떤 샌드위치 가게. 그곳에서 떠오른 이야기입니다. 그

즈음에 유사한 친구가 있어, 편지를 쓰는 심정으로 썼습니다. '원주민의 생활을 파괴한 기독교'란 나의 이미지와는 달리 사람들은 기독교 유적에서 아주 평화롭게 생활했습니다. 선교사는 육체노동을 마다하지 않는 만능 선수였고 정말 과라니 사람들의 사랑을 받았던 것 같았습니다. 서로 도우며 잘 살고 있었는데, 싶은 느낌도 들었습니다. 아주 잠시 평화가 머물렀던 장소, 역사의 흐름에 살짝 얼굴을 내밀었을 뿐인 생활 형태이지만, 이렇게 유적으로 남을 만한 의미는 있는 공간이었습니다.

유적에서 유적으로 넘어가는 국경에서 총을 든 병사가 차를 압수, 발이 묶였습니다. 쨍쨍 내리쬐는 햇볕 아래서 다음 차를 기다리는 동안, 조금은 무서웠지만 이시하라 씨가 "뭐 정말! 이런 데서 기다리면 까맣게 탈 텐데!"라고 여고생 흉내를 내어 웃었습니다. 또 하마터면 여행 가방까지 검색을 당할 뻔했는데, 화가이며 친구인 퀼른에 사는 나라 요시토모 씨가 "일본에 기서 빨지 싶어 여행 가방에다 빨랫감을 잔뜩 쑤셔 담았는데, 검사대에서 가방을 열어보는 바람에 너저분한 빨래가 와르르 쏟아져 나오고 냄새가 장난이 아니었다."라는 말을 했을 때, 웃었던 생각이 나서 뒤늦게 미안했습니다. 무슨 일이든 직접 당해 보지 않고는 알 수 없는 법이더군요.

「창밖」에 등장하는 호텔은 인터내셔널 이과수(Internacional Iguazú)입니다. 정말 멋진!!! 호텔이었습니다. 자세한 것은 소설 안에. 이틀쯤은 묵고 싶었을 정도.

이과수 폭포에 대해서는, 역시 다양한 각도에서(아르헨티나 쪽, 브라질 쪽, 보트, 헬리콥터 등 장소와 수단이 여러 가지가 있습니다.) 보라고 권하고 싶습니다. 헬리콥터가 무서워, 소설에 그려진 것처럼 타고 있는 내내 이시하라 씨의 팔을 꼭 잡고 있었는데, 실제로는 불안해서 들뜨고 어쩌고 할 처지가 아니었습니다. 무서웠지만, 내려다보이는 광경은 정말 장관이었습니다.

지금도 꿈이었나? 싶을 정도로 거대했습니다.

일정이 끝나기 전날 파라과이의 시우다 델 에스테란 곳에 갔는데, 음, 어마어마한 암시장이었습니다. 재고품 총집합. 진짜 고급 브랜드 제품을 싸게 살 수 있는 백화점도 있었지만, 그런 제품까지 가짜로 보일만큼 눈이 이상해졌습니다. 모든 노점이란 노점에 진열된 고급 시계 "나사에 롤렉스 마크가 들어 있지 않은 것은 10달

러, 들어 있는 것은 세공이 복잡하니까 13달러, 물론
다 진짜!!"라는 가게 사람. 그래봐야 물론 가짜죠! 걸
어만 다녀도 사람들이 운집하는 뭐라 표현할 수 없는
거리였습니다. 전기 제품은 싸고 쓸 만했습니다. 현지
사람들은 이곳을 도매 시장으로 이용하고 있습니다.

　나도 배탈이 났지만(고기를 좋아하는 나도 내내 고기
만 먹으면 그렇죠.) 그리고 그 통증은 점점 심해져 마지
막에는 현기증이 나 제정신이 아니었는데, 통역을 하는
알렉산드로 씨는 더 심해서 밤중에 몇 번이나 토하고
아무것도 먹을 수 없는 상태에서 "아, 내가 늘 먹는 배
탈약 아르카세르차가 필요해! 하지만 안 팔아!" 하며
브라질에 있는 내내 고생이 말이 아니었습니다. 겨우
공항에 도착해 자유 시간이 생긴 참에 혼자 어슬렁거리
는데, 아르카세르차를 알약으로 파는 약국이 있어서
'알렉산드로 씨, 다행이네' 하고 생각했는데, 나중에
물어보니까 "나도 아르카세르차를 보기는 했는데, 이
약이 더 잘 든다고 해서 그만 사고 말았다."라며 수
수께끼의 약을 보여 주었습니다. 성분이 무엇인지 제대
로 읽을 수는 없지만, 베라돈나? 이거 무슨 독 아니야
싶은 것들이 죽 적혀 있었습니다. 오래도록 찾았던 것

이 눈앞에 불쑥 나타난 순간, 마가 끼는 그 느낌, 알 만해요! 알렉산드로 씨!!! 하고 생각하고는 웃었습니다. 인간의 천성이죠.

자 그럼, 또 만나죠. 읽어주셔서 감사합니다.


1999년 가을, 도쿄, 요시모토 바나나

미지의 땅을 여행하면서 눈앞에 펼쳐지는 광경과 스치는 사람들을 바라보다 보면 그 너머로 또 하나의 세계가 펼쳐집니다. 세월을 두고 그 땅에 아로새겨진 역사와 살았던 사람들, 그리고 지금을 사는 사람들의 발자취와 숨결이 씨실을 이루고 그것을 바라보는 사람의 시선과 상상력이 날실이 되어 빚어진 이야기의 공간이 둥실 허공에 떠오르는 것이죠.

이 공간을 탐닉하는 것 또한 여행의 색다른 묘미입니다.

이 소설집에서 바나나가 여행한 곳은 정열의 남미,

아르헨티나입니다. 로스앤젤레스를 경유하여 부에노스 아이레스에 도착, 멘도사를 거쳐 이과수 폭포를 다양한 시각에서 보는 여행을 하면서 그녀는 7편의 단편을 빚어냈습니다. 아르헨티나 사람들의 뜨거운 숨결과 잔인하도록 광대한 자연에 새겨져 있는 수탈과 압박의 역사를 되새기는 한편 사람 사는 곳이면 어디나 비슷한 생활의 모습——잘사는 사람과 못사는 사람이 있고, 행복한 사람과 불행한 사람이 있고, 연애하는 사람과 실연한 사람이 있고, 그런 다양한 사람들이 오가는 거리가 있고——을 포착하면서 그 나라만의 독특한 분위기를 담아 마치 강렬한 빛깔의 그러나 무늬 고운 태피스트리를 짜듯 엮어낸 이 단편들은 바나나 문학의 또 다른 지평입니다.

우리는 이 단편들에서 그녀의 문학을 여행하는 동시에 그녀가 걸음을 옮겼던 자취를 따라 도시와 도시, 그리고 거리와 거리, 그 속에 있는 건물과 다양한 유적과 살아 숨 쉬는 자연과 울고 웃고 얘기하는 사람들의 모습과 열정에 넘치는 탱고 쇼와 화려한 기타의 선율과 사랑의 다양한 변주를 즐길 수 있습니다.

그리고 선이 굵고 투박한 터치로 때로는 거칠고 때로

는 애수를 띠고 때로는 격정적인 남미 특유의 분위기를 그려낸 하라 마스미 씨의 그림과 여행의 진수와 남미의 절경을 담은 야마구치 마사히로 씨의 사진도 이 작품집을 읽는 묘미를 한껏 더해 줍니다.

바나나의 여행 시리즈, 다음 편은 타히티로 이어집니다.


2005년 여름, 안개 자욱한 서해 바다를 다녀와서

김난주

# 여행 일정표

## 1998년

● 4/18

17:45 신주쿠 역 남쪽 출구 집합

18:11 신주쿠 출발(나리타 익스프레스)

19:31 나리타 공항 제2터미널 도착

21:00 탑승 수속(JAL 064편)

22:00 이륙

15:10 (LA시간) 로스앤젤레스 공항 도착

17:40 (LA시간) 이륙

● 4/19 (이하, 부에노스아이레스 시간)

8:20  상파울루(과를로스 공항) 도착

11:20 이륙(AR 1441편)

14:30 부에노스아이레스 도착

       현지 가이드 도야마 스마코 씨와 합류, 호텔까지 버스로 이동

15:50 호텔 Inter-Continental 체크인

18:45 중정에 집합

19:00 걸어서 외출, 5월 광장 주변을 밤 산책

19:30 찻집 'Café Tortoni' (시내에서 가장 오래된 콘필리테리아)

       ※서브마리노

20:30 출발

20:50 걸어서 호텔로 돌아옴

21:00 저녁 식사, 호텔 내에 있는 레스토랑 'Mediterráneo'

       ※토마토 샐러드, 팔파레 토마토 소스와 블랙 올리브, 카시스

       칵테일 등

22:40 하루 일과 끝


● 4/20

9:30  버스를 타고 호텔 출발

9:45  국회의사당 앞

10:15 대통령 관저(Casa Rosada), 5월 광장

10:25 출발. 이때만 버스에서 내려, 지하철로 이동

10:40 코론 극장(3대 오페라 극장의 하나)

11:00 장내 견학 시작(영어 가이드)

12:15 출발 버스 이동

12:45 보카 지구(카미니트, 보카 항 등. ※보카 미술관은 휴관일)

13:15 버스 이동

13:40 스페인 요리 'El Imparcial'
　　　※오징어 튀김, 물(moule) 조개, 파에리야 등

15:00 출발. 버스 이동

16:15 디크레(전세 보트를 타고 파라나 강 투어)

17:25 출발. 버스 이동

18:20 호텔 도착

19:50 재집합

20:00 버스를 타고 저녁 먹으러 출발

20:15 저녁 식사 'La Chara'(레티로 지구)
　　　※비프스테이크, 샐러드, 초리소, 아이스크림, 포도주(San't
　　　Elmo Martins)

21:50 출발

22:00 'Casa Blanca' 도착

22:15 탱고 쇼 시작(마술, 포크로레 등)


● 4/21

11:00 호텔 출발(도보)

11:20 악기점 'Antigua Casa Nuñez' 발바네라 지구(클래식 기타)

12:30 출발

12:40 바로 근처에 있는 찻집 'Los Maestros'
　　　※커다란 피자, 시큼한 오렌지 주스

13:15 출발. 택시 이용

13:30 호텔 도착

13:35 호텔 출발
　　　버스를 타고 라프라타 관광

14:50 어린이의 나라(에비타가 어린이를 위해 만든 작은 부에노스아
      이레스)
15:30 출발
16:00 모레노 광장, 대성당
16:10 출발
16:20 Museo de Ciencias Naturales(자연과학박물관)
17:00 출발
18:30 호텔 도착
20:10 재집합
20:15 호텔 출발(도보)
20:30 이탈리아 레스토랑 'Broccolino'
22:55 출발. 밤 거리를 산책, 쇼핑
23:45 호텔 도착


● 4/22
10:00 호텔 출발(버스)
10:20 레클레타 묘지(에비타의 묘)
10:40 출발
11:55 목장 'Santa Susana'에서 가우초 피에스타
13:00 점심(아사도 요리)
14:20 가우초 쇼 시작
15:15 종료. 야외에서 경마 대회
19:00 출발(버스)
17:10 호텔 도착
19:45 재집합
20:00 출발(택시 이용)

20:15 일본식 레스토랑 ‘기타야마’
    ※생선 초밥, 튀김 우동, 치킨 라이스, 닭튀김, 만두
22:00 출발
22:15 ‘Señor Tango’에서 탱고 쇼
24:30 종료
25:00 호텔까지 버스로 이동


● 4/23
11:00 호텔 출발(택시)
11:20 산 마르틴 광장
    플로리다 거리에서 쇼핑(도보)
12:30 찻집 ‘City Corner’ ※Sindor
    택시를 타고 호텔로 돌아옴
13:35 호텔 출발(택시)
14:40 양품점 ‘Silvia&Mario’(캐시미어 스웨터)
14:45 5월 광장
15:30 5월 광장에서 어머니들의 행진 시작
15:45 출발(버스)
17:00 루한(대성당)
17:40 출발(버스)
19:05 호텔 도착
19:45 재집합
19:55 출발(버스)
20:15 북 페어 회장 ‘Feria del Libro’
21:00 출발 버스
21:10 저녁 식사 ‘Cabańa Las Lilas’(푸에르토 마데로 지구)

※비프 스테이크, 샐러드, 디저트로 초코 크림 와인(Luigi
    Bosca)
24:05 버스를 타고 호텔로 돌아옴


● 4/24
11:00 로비 집합, 체크아웃
11:35 출발(버스)
12:05 공항 도착
13:30 이륙(AU 2422편/20분 연발)
15:30 멘도사 도착, 버스를 타고 시내로
    (가이드는 비트레 마르틴 씨)
16:40 호텔 'Plaza'에 체크인
17:30 로비 집합
17:45 광장, 미술관 등 걸어서 근처를 산책
18:15 찻집 'Class'
19:30 다시 걸어서 이동
22:00 이탈리아 레스토랑 'Trevi'
    ※와인(Lagarde)


● 4/25
8:10 호텔 출발(종일 버스 이동)
9:15 휴식
10:30 휴식 'Hostal Los Condores'
10:55 출발
11:20 다리 사적 Homenaje de Vialidad Nacional al Ejercito
    Libertador'

12:15 스키장(전망 리프트) 'Los Penitentes'

13:00 아콩콰가 산

13:30 Sentenario(온천장) 유적

14:10 점심 'Hospedaje Hostalia' ※와인(Toso)

15:25 출발

18:10 호텔 도착

21:00 찻집 'Class'에서 집합(도보)

21:15 'La Marchigiana' (이탈리아식)

    ※와인(Montchenot, Trapiche Medalla)

23:35 종료

24:00 호텔 도착


● 4/26

10:00 호텔 출발(종일 버스 이동)

10:35 'Museo del Vino San Felipe'

    보데가(와이너리) 견학

12:00 시음회

12:50 출발

13:15 점심 'La Marchigiana' (전날 밤의 가게와 같은 장소에 있는

    다른 계열의 가게)

15:20 출발

15:40 향토사 박물관 'Museo del Area Fundacional' (분수 유적 등)

16:45 출발

17:00 에스파냐 광장

17:30 산 마르틴 공원

18:00 영광의 언덕

18:30 호텔로 돌아옴
20:30 호텔 출발(도보)
20:45 저녁은 시내에 있는 맥도널드에서
21:10 산책, 쇼핑
22:00 Paseo Samiento 거리에 있는 생맥주 서버가 있는 바
23:30 호텔로 돌아옴


● 4/27
8:40  호텔 체크아웃
9:10  공항 도착
10:15 이륙(AR 1523편)
12:00 부에노스아이레스 도착
15:40 연발(AU 2556편)
17:20 포사다스 도착
      현지 가이드 사이토 노부오 씨 합류
18:00 버스를 타고 이동(아르헨티나 —— 파라과이 국경 통과)
19:00 호텔 'Novotel' 도착
21:00 호텔에서 저녁 식사
      ※슈림프 칵테일 등


● 4/28
8:15  호텔 출발(종일 버스 이동)
9:10  토리니다 유적(엔카르나시온)
10:00 출발
11:00 국경에서 발이 묶임
14:05 국경 통과

14:15 점심 'Espeto del Rey' (아사도)

15:25 출발

16:30 산 이그나시온 미니 유적(아르헨티나 쪽)

17:10 출발

18:30 잠시 휴식

20:55 호텔 'Internacional Iguazú' 도착

21:20 호텔에서 저녁 식사


● 4/29

10:05 호텔에서 걸어서 산책로를 산책

11:30 호텔로 돌아옴

11:45 버스로 출발

12:05 세 나라의 국경의 접경 지역 관람(이과수 강과 파라나 강의 합류 지점)

12:15 출발

12:40 브라질 입국

12:55 점심 '미야코' (일본식) ※된장 라면 등

13:55 출발

14:30 정글 크루즈(지프로 갈아타고 보트 승강장으로)

14:40 이과수 강 유람

15:20 종료

15:35 버스를 타고 호텔로

15:45 호텔 'Hotel das Cataratas' 체크인

18:00 재집합

20:00 호텔 내 레스토랑 '이타이프'에서 저녁 식사

22:00 종료

● 4/30

10:20 호텔 출발(종일 버스 이동)

11:20 다리를 건너 파라과이 국내의 국경 마을 시우다 델 에스테에
　　　서 쇼핑

12:15 출발
　　　다시 브라질로 돌아옴

13:00 점심 '중국반점'

13:45 출발

13:50 기념품 가게

14:20 출발

14:35 이과수 폭포 브라질 쪽 산책로

15:35 출발

16:00 헬리콥터 승강장(헬리콥터를 타고 이과수 폭포 상공 비행)

16:40 종료

17:15 호텔로 돌아옴

19:30 호텔 부지 내에 있는 반 옥외 그릴 바 'Ipé'에서 저녁
　　　※와인(Cousino Macul)


● 5/1

11:55 호텔 체크아웃

12:30 점심 'Galeteria La Mamma'(이탈리아식)
　　　※와인(Marcus James)

13:55 출발

14:05 야조원(Parque das Aves)

15:10 출발

15:15 광물공원(Mineral Park)

15:40  출발
15:50  공항 도착
16:00  탑승 수속
17:00  이륙(TR 460편)
19:30  상파울루(공항 도착)


● 5/2
0:20  상파울루 출발(JAL 063편) LA 경유


● 5/3
13:15  나리타 공항 도착


이상

※각 작품들은 문예지 《세세쿄(星星峽)》에 처음 게재되었고
단행본으로 꾸미면서 수정, 보완되었습니다.

「전화」 1998년 8월 호 / 「마지막 날」 1998년 12월 호
「조그만 어둠」 1999년 2월 호 / 「플라타너스」 1999년 4월 호
「하치 하니」 1999년 7월 호 / 「해시계」 1999년 8월 호
「창밖」 1999년 11월 호

옮긴이 **김난주**

1987년 쇼와 여자대학에서 일본 근대문학 석사 학위를 취득했고, 이후 오오쓰마 여자대학과 도쿄 대학에서 일본 근대문학을 연구했다. 현재 대표적인 일본 문학 전문 번역가로 활동하며 다수의 일본 문학을 번역했다. 옮긴 책으로 요시모토 바나나의 『키친』, 『하드보일드 하드 럭』, 『하치의 마지막 연인』, 『암리타』, 『티티새』, 『불륜과 남미』, 『몸은 모든 것을 알고 있다』, 『허니문』, 『하얀 강 밤배』, 『슬픈 예감』, 『아르헨티나 할머니』, 『왕국』, 『해피 해피 스마일』, 『무지개』, 『데이지의 인생』, 『그녀에 대하여』 등과 『겐지 이야기』, 『모래의 여자』, 『가족 스케치』, 『훔치다 도망치다 타다』 등이 있다.

# 불륜과 남미

1판 1쇄 펴냄  2005년 8월 10일
1판 8쇄 펴냄  2009년 10월 23일
2판 1쇄 펴냄  2011년 3월 4일
2판 3쇄 펴냄  2022년 2월 15일

지은이  요시모토 바나나
옮긴이  김난주
발행인  박근섭, 박상준
펴낸곳  (주)민음사

출판등록  1966. 5. 19. 제16-490호
주소       서울특별시 강남구 도산대로1길 62(신사동)
           강남출판문화센터 5층 (우편번호 06027)
대표전화  02-515-2000 | 팩시밀리  02-515-2007
홈페이지  www.minumsa.com

한국어 판 © (주)민음사, 2005, 2011. Printed in Seoul, Korea

ISBN 978-89-374-8070-6 (03830)